대위의 딸

뿌쉬낀 지음 / 이은연 옮김

소담출판사

이은연

서울출생.
헝가리 국립대학교 (KLTE) 노어노문학과 졸업. 동대학원 석사학위 취득.
러시아 학술원 비노그라도프 러시아어연구소 박사학위 취득.
현, 수원대학교 러시아과 강사, 육군정보학교 강사.

sodampublishingcompany

BESTSELLER WORLDBOOK 65

대위의 딸

펴낸날 | 2001년 1월 5일 초판 1쇄
        2000년 5월 30일 중판 1쇄
        2003년 7월 15일 중판 3쇄
지은이 | 뿌쉬낀
옮긴이 | 이은연
펴낸이 | 이태권
펴낸곳 | 소담출판사
        서울시 성북구 성북동 178-2 (우)136-020
        전화 | 745-8566~7 팩스 | 747-3238
        e-mail | sodam@dreamsodam.co.kr
        등록번호 | 제2-42호(1979년 11월 14일)

ISBN 89-7381-389-7   03890
● 책 가격은 뒤표지에 있습니다.

www.dreamsodam.co.kr

КАПИТАНСКАЯ ДОЧКА

А.С.ПУШКИН

사랑하는 마음을 물리치며 아름다운 너를 잊으려
가련한 마샤를 피하면서 사랑의 굴레에서 벗어나려 하네!
그래도 나를 사로잡는 눈동자, 내 앞에서 떠날 줄 모르며
내 영혼을 메우는 눈동자, 깨뜨리네 나의 평온한 마음을
나의 괴로운 심정을, 네가 알게 되면 마샤, 너는 나를 가엾게 생각해줘
힘겨워하는 나를 바라보며 너의 포로가 된 나를

|차 례|

제1장 근위상사

"근위대에 있었더라면 내일 당장이라도 대위가 되는 건데."
"쓸데없는 짓이야. 일반 부대에서 근무하라고 해."
"그건 옳은 말이군! 그도 고생을 좀 해 봐야지……."
"그런데 그의 부친은 어떤 인물이지." -크냐지닌-

나의 아버지 안드레 페트로비치 그리뇨프는 젊은 시절에 줄곧 미니프 백작—표트르 대제에게 초청된 덴마크 기사(騎士)—밑에서 군대 생활을 하다가 1700년에 중령으로 퇴역했다. 그때부터 아버지는 신비일스크 현 (縣)—볼가 강(江)의 중류 왼쪽 물가—의 영지에서 살았으며 그곳에서 그 지방의 가난뱅이 귀족인 н씨 집안의 딸 아브도챠 바시리에브나와 결혼 했다. 자식은 아홉 명이었지만 나의 형제 자매는 어릴 때에 모두 죽어 버 렸다.

내가 어머니의 뱃속에 있을 때부터 나는 가까운 친척인 근위 소령 B공 작의 알선으로 세미요노프 연대에 상사(上士)로 등록이 되어 있었다(그 당시 귀족의 자제는 태어날 때부터 군적에 등록되는 일이 있었으며, 그 것이 그대로 근무연한으로 기산되어 성인이 되었다면 곧 장교가 된 다). 만약 기대에 어긋나서 모친이 계집애를 낳게 되면 부친은 당국에다 실제로는 태어나지 않았던 상사가 죽었다고 보고함으로써 모든 일은 끝나고 말았으리라. 어쨌든 나는 학업을 마칠 때까지는 휴가중이라고 간주되었던 것이다. 그 당시 우리들이 받은 교육은 오늘날과는 달랐다. 나는 다섯 살 때부터 행실이 바르고 성실한 마부인 사베리치에게 맡겨졌으며, 그는 나를 돌보는 직책을 명령받았던 것이다.

그의 감독 밑에서 나는 열두 살 때, 벌써 러시아어를 읽고 쓸 수가 있었고, 보르조이 수캐의 특성을 정확하게 감별할 수 있게 되었다. 그 무렵 아버지는 나를 위해서 무슈 보프레라고 하는 프랑스 사람을 고용했는데 그는 일 년 치의 포도주와 고급 올리브 기름과 함께 모스크바로부터 초대되어 왔다.

그의 도착을 사베리치는 매우 못마땅하게 여겼다. 도련님 얼굴도 깨끗이 씻기고 있으며, 머리도 빗기고 음식도 시간에 잘 맞춰 드리고 있지 않느냐 말이다. 도대체 무엇 때문에 헛되이 돈을 써서 무슈 따위를 고용하지 않으면 안 된다는 걸까. 마치 러시아엔 좋은 가정교사가 없는 것처럼!

보프레는 고향에 있을 때 이발사였지만 그후 프로이센에서 군대 생활을 한 후 가정교사라도 해 볼까 하고 러시아로 오긴 했으나 가정교사라는 말의 뜻을 그리 잘 알고 있었던 것도 아니다. 그는 인간성은 좋았지만 매우 경박하고 야무진 데가 없었다. 그의 가장 큰 결점은 여성에 대한 정열이었다. 그 착한 마음씨로 인해서 가끔 퇴짜를 맞아 그 때문에 밤낮을 가리지 않고 며칠이고 한숨을 쉬고 있는 일이 있었다. 게다가(그의 말에 의하면) 그는 '술과 앙숙'은 아니었다. 즉(러시아어식으로 말하면) 취하는 것을 좋아했던 것이다. 그렇지만 우리 집에서는 포도주가 나오는 것은 점심식사 때뿐이었고, 그나마 한 사람 앞에 작은 컵으로 한 잔씩이었으며, 더군다나 가정교사는 식사 시중을 들 때는 제외되는 것이 보통이었다. 그래서 보프레 선생은 곧 러시아의 보트카에다 과일을 담근 술을 마시는 습관이 들었고, 비교가 되지 않을 만큼 위장에 좋다고 말하면서 자기 조국의 포도주보다도 이 술을 더 좋아하는 형편이었다. 우리들은 곧 친숙해졌다. 고용 계약에 의하면 나에게 프랑스어, 독일어 및 모든 학문을 가르치게 되어 있었지만, 그는 내게서 러시아를 배우기 위하여 러시아어로 수다떠는 것을 더 좋아했다. 공부가 끝나면 우리는 각자 자기 일로 돌아갔고, 그와의 관계가 좋았으므로 나는 다른 가정교사를 원치 않았다. 그리고 얼마 지나지 않아 우리를 갈라놓는 운명의 사건이 벌어졌다.

뚱보에다 곰보인 세탁부 파라시카와 소를 치는 애꾸눈 아쿠리카가 어느 날 둘이 마음을 합쳐 나의 어머니에게 함께 가서 자기들의 죄많은 약점을 고백하면서, 아무것도 모르는 그들을 유혹한 무슈의 일을 울며불며 호소했다. 어머니는 이러한 일을 적당히 해두는 것을 싫어 하는 성격이었기 때문에 머지않아 아버지까지 알게 되었다. 아버지는 곧바로 그 일을 마무리 지었다. 즉시 그 프랑스 악당을 불러오라고 명령했던 것이다. 무슈는 나를 가르치고 있는 중이라고 보고했다. 아버지는 내 방으로 찾아왔다. 때마침 보프레는 태평스럽게 침대 위에서 잠이 들어 있었고, 나는 내 일에 열중해 있었다.

여기서, 나를 위해서 모스크바로부터 지도를 가져다 놓았다는 것을 미리 말해 둘 필요가 있을 것 같다. 이 지도는 아무런 쓸모도 없이 벽에 걸려 있었기 때문에 훨씬 전부터 나는 크고 품질이 좋은 종이를 탐내고 있었다. 나는 그 종이로 연을 만들기로 결심하고 보프레가 잠들어 있는 틈을 타서 작업을 시작했던 것이다.

내가 희망봉 앞부분에다가 보리수나무 껍질을 부드럽게 풀어서 만든 끈으로 꼬리를 한참 붙이고 있을 때, 아버지가 방으로 들어왔다. 지리공부를 하고 있는 내 모습을 보고 아버지는 귀를 잡아당기더니 보프레한테로 달려가 마구 흔들어 깨우더니 잔소리를 퍼부었다. 보프레는 당황해서 성급히 일어나려고 했으나 허사였다. 운이 나쁘게도 이 프랑스 사람은 곤드레가 되도록 술에 취해 있었던 것이다. 일곱 가지의 나쁜 일에도 보답은 하나라고 하는 것과 같은 것이다.

아버지는 그의 목덜미를 잡아 침대에서 끌어 일으킨 후 방 밖으로 떠밀어 버리고는 그 날 안으로 저택에서 내쫓아 버렸다. 사베리치의 기뻐하는 모습이란 도저히 표현할 수 없을 정도였다. 이리하여 나의 교육은 끝장이 나고 말았다.

그후 나는 비둘기를 쫓기도 하고, 집에서 고용하고 있는 하인의 아이들과 장난을 치기도 하면서, 요컨대 직책을 맡기 전의 미성년인 귀족의 생활을 평범하게 보내고 있었다. 그러는 동안에 나는 만 16세가 되었다. 나의 운명이 아주 달라진 것은 그때였다.

어느 가을날, 어머니는 객실에서 벌꿀로 잼을 만들고 있었으며, 나는 입맛을 다시면서 끓어오르는 잼의 거품을 보고 있었다. 아버지는 창가에서 해마다 보내오는 『궁중요람(宮中要覽)』을 읽고 있었다. 이 책은 언제나 그에게 강한 영향을 미쳤다. 이 책을 언제 다시 읽어도 항상 특별한 관심을 가졌으며, 이 책을 읽을 때마다 그는 화를 버럭 내면서 깜짝 놀랄 정도로 흥분하는 것이었다.

어머니는 아버지의 이러한 평상시의 버릇을 모두 알고 있었기 때문에 항상 이 아무런 가치도 없는 책을 가능한 한 손이 닿지 않는 먼 곳에다 감추어 두었다. 그래서 때로는 『궁중요람』이 몇 달씩 아버지 눈에 띄지 않는 일이 있었다. 그러나 어쩌다가 눈에 띄게 되면 아버지는 몇 시간이고 그 책에서 손을 떼지 않는 일이 많았던 것이다. 그런 이유로 해서 아버지는 가끔 어깨를 움츠리든가 작은 소리로,

"육군 중장이라고! 그 놈은 내 중대에서 상사였었는데…… 러시아 최고 훈장을 두 가지 다 받았군! 우리가 헤어진 지 벌써 그렇게 되었던가……."

하고 되풀이하면서 읽고 있었던 것이다. 마침내 아버지는 요람을 소파에 집어던지고 뭔가 깊은 생각에 빠지는 것이었다. 이것은 불길한 징조였다.

느닷없이 아버지가 어머니를 향해 물었다.

"아브도챠 바시리에브나, 페트루샤는 몇 살이 됐지?"

"그야 열일곱 살이 되었지요."

라고 어머니는 대답했다.

"페트루샤가 태어난 그 해에 마침 나스타샤 게라시모브나 백모님의 한쪽 눈이 보이지 않게 되었고, 그때는 또……."

"이제 됐어."

하고 아버지는 이야기를 가로막았다.

"이제 저 녀석을 군대에 보내야 되겠군. 하녀방을 뛰어다니고 비둘기 집에 기어오르는 것은 이제 그만하면 됐으니까."

머지않아 나와 이별해야 된다고 생각하자 어머니는 가슴이 메이어 스푼을 냄비 속에 떨어뜨리고 말았다. 그리고 눈물이 어머니의 볼을 따라 흐

르기 시작했다. 이와는 반대로 나의 환희는 도저히 형용할 수 없을 정도였다. 근무처에 나간다는 것은 내 마음속에서 자유라든가, 페테르스부르크 생활의 즐거움을 의미하는 것이었기 때문이다. 나는 내가 근위장교가 된 나의 모습을 상상하고 있었다. 이것이 바로 인간의 행복의 절정이라고 생각했다.

아버지는 자신이 생각한 바가 있으면 그것을 변경하거나 실행을 연기하는 일을 좋아하지 않았다. 나의 출발 날짜가 정해졌다. 아버지는 나의 상관이 될 사람 앞으로 편지를 써서 내가 가는 편에 보내야겠다고 말하면서 펜과 종이를 갖고 오도록 분부했다.

"잊지 말아요, 안드레 페트로비치."

하고 어머니가 아버지에게 말했다.

"저도 B공작(公爵)에게 잘 부탁한다고 말씀해 주세요. 페트루샤를 앞으로 잘 보살펴 줄 것을 저도 믿고 있다고요."

"무슨 바보 같은 일을!"

아버지는 얼굴을 찌푸리면서 대답했다.

"뭣 때문에 내가 B공작에게 편지를 쓴단 말이야?"

"하지만 당신은 페트루샤의 상관에게 편지를 쓰시겠다고 말씀하셨잖아요."

"그래 그것이 어쨌다는 거야?"

"페트루샤의 상관이라고 말하면 B공작이잖아요. 왜냐하면 페트루샤는 세미요노프 연대에 등록돼 있으니까요."

"등록이라고! 등록이 돼 있어도 내가 알 바 아니야! 페트루샤는 페테르스부르크에 보내지는 않아. 도대체 페테르스부르크 근무로 이놈이 뭣을 배운다는 거야? 낭비와 방탕 정도겠지. 그건 안돼. 이놈은 일반병으로 복무하라고 해. 괴로운 일도 견디게 하고, 싸움터에서 화약도 지게 하는 군인으로 만드는 거야. 절대로 게으름뱅이는 만들지 않겠어. 근위대에 등록을 해 놓았다구! 쓸데없는 소리 그만하고 이놈 신분증이나 찾아서 이리로 가져와요."

어머니는 내가 세례를 받았을 때 입었던 옷과 함께 조그마한 상자에 넣어 두었던 내 신분증을 찾아내서 떨리는 손으로 아버지에게 건네주었다. 아버지는 찬찬히 그것을 훑어보더니 바로 앞에 있는 책상 위에다 놓고 편지를 쓰기 시작했다.

호기심이 나를 괴롭히기 시작했다. 페테르스부르크가 아니라면 도대체 어디로 보내지는 것일까? 매우 천천히 움직이고 있는 아버지의 펜에서 나는 눈을 떼지 않았다. 드디어 아버지는 편지를 다 쓰고는 신분증과 함께 봉투에 넣고 봉함을 하자 안경을 벗고 나를 가까이 부르더니 이렇게 말했다.

"자, 이것이 안드레 칼로비치 앞으로 보내는 편지다. 내 옛날 동료이자 친구다. 너는 오렌부르그로 가서 이 사람의 부하가 되는 거야."

이리하여 나의 화려한 꿈은 모조리 깨져 버렸다. 즐거운 페테르스부르크의 생활 대신에 나를 기다리고 있는 것은 멀리 떨어진 쓸쓸한 땅의 권태였다. 1분 전까지만 해도 몹시 마음이 들떠서 마음속에 그리고 있던 군대생활이 이제는 참을 수 없는 불행으로만 생각되었다. 그러나 불평을 해봤자 쓸데없는 일이었다. 다음날 아침 일찍 여행용 포장마차가 현관의 계단에서 대기했고 트렁크와 차를 넣는 도구가 늘어 있는 상사, 가성에서의 마지막 응석의 표시라고도 할 수 있는 흰 빵과 만두 꾸러미가 실려

졌다. 양친은 나를 축복해 주었다. 아버지는 내게 이렇게 타이르셨다.

"잘 가거라. 표트르. 충성을 맹세하거든 그 사람을 충실히 모시는 거다. 상관의 명령에는 잘 복종해라. 하지만 상관의 비위를 맞추려고는 하지 말아라. 근무를 무리하게 사서 하지는 말아라. 하지만 어떻게든 핑계를 대서 근무를 게을리 해서는 안 된다. 그리고 이런 속담을 기억해 두는 것이 좋다. 옷은 처음부터 깨끗이 입어야 하고, 사람의 이름은 젊은 시절부터 소중히 해야 된다고 말이야."

어머니는 눈물을 흘리면서 몸조심하라고 당부했고, 사베리치에게는 아들을 잘 보살펴 달라고 말했다. 나는 토끼가죽을 안쪽으로 댄 가죽외투(러시아의 농민이 겨울에 입는 나사를 대지 않은 가죽으로 만든 옷)를 입었고, 그 위에 여우외투를 덧입었다. 나는 사베리치와 포장마차를 타고 눈물을 뚝뚝 흘리면서 여행길을 떠났던 것이다. 그날 밤 안으로 나는 신비일스크에 도착했는데 필요한 물건들을 사기 위해서 꼬박 하루 동안을 거기에 머물러야 했다. 살 물건은 사베리치에게 맡겨 놓았다.

나는 작은 술집이 딸린 여인숙에 묵었다. 사베리치는 이튿날 아침부터 물건을 사러 나갔다. 창문으로 지저분한 길을 바라보는 것도 싫증이 나서 나는 여관방을 어정어정 나갔다. 당구실에 들어가 봤더니 서른 대여섯쯤 되어 보이는 검은 콧수염을 길게 기르고 가운을 걸쳤으며, 큐를 한쪽 손에 쥐고 입에 파이프를 문 키가 큰 신사가 있었다. 그는 카운터를 상대로 해서 게임을 하고 있었는데, 카운터는 당구에 이기면 보트카를 한 잔 얻어 마셨고, 지면 손과 발을 땅에 대고 엎드려서 당구대 밑으로 기어 들어가지 않으면 안 되었다.

나는 두 사람의 게임을 구경하기 시작했다. 승부가 계속되면 될수록 엎드려 기어다니는 횟수가 점점 많아졌고 마지막에 가서 카운터는 당구대 밑에서 뻗어버리고 말았다.

그 신사는 몇 마디 상소리를 그에게 퍼붓고 나서는 나에게 한 판 하지 않겠느냐고 제안해 왔다. 나는 할 줄 모른다고 거절했다. 아무래도 이것이 그에게는 이상하게 생각되었는지 불쌍하다는 듯한 눈초리로 나를 바라보았다.

그러나 이것이 계기가 되어 우리들은 얘기를 시작했다. 그의 이름은 이반 이바노비치 주린이며 ㅇㅇㅇ기병 연대의 대위로 신병을 인수하기 위해 신비일스크에 와서 나와 같은 곳에 머물고 있다는 것이었다. 주린은 마침 있는 대로의 요리를 가지고 군대식으로 점심을 함께 하자며 나를 초대했다. 나는 기꺼이 응했다. 우리들은 식탁에 자리를 잡았다. 주린은 술을 많이 마셨는데 군무(軍務)에는 술 마시는 것이 습관이 되지 않으면 안 된다고 하면서 나에게도 권했다. 그는 군대 생활에 관계되는 우스운 얘기를 여러 가지 했고, 나는 어찌나 우스웠던지 데굴데굴 뒹굴 정도가 되었다. 그래서 우리들은 식탁에서 일어설 쯤에는 완전히 친구가 되어 있었다. 그리고는 그가 나에게 당구를 가르쳐 주겠다고 말했다.

그는 이렇게 말하는 것이었다.

"이것은 우리들 군인 사이에서 꼭 필요한 것일세. 예를 들면 행군을 하다가 조그마한 마을에 닿았다고 하지. 뭣을 하면 좋겠는가? 항상 유태인을 두들겨 줄 수는 없을 걸세. 별수없이 이렇게 한잔 마실 수 있는 여관으로 가서 당구라도 치게 되는 걸세. 그러자면 당구치는 법을 알아야 하지 않겠나?"

나는 그의 말에 타당성이 있다고 생각하며 매우 열심히 배우기 시작했다. 주린은 큰 소리로 나를 격려하고 나의 급속한 진보에 감탄하더니 몇 번의 연습을 반복한 후 한 점에 2코페이카씩 돈을 걸자고 제의했다. 이것은 이겨서 돈을 벌기 위해서가 아니고, 그의 말에 따르면, 아무것도 걸지 않고 게임을 하는 가장 더러운 습관을 피하기 위한 것 뿐이란다. 나는 이같은 제의에 동의했다. 그랬더니 주린은 폰스를 가져오라고 명하고는 자네는 군무에 길들일 필요가 있고 더구나 폰스 없이 무슨 군무냐고 되풀이하면서 한잔 마셔 보라고 나를 설득했다. 나는 그가 권하는 대로 술을 받아 마셨다.

그 동안에도 게임은 계속되고 있었다. 술을 들이키는 횟수가 많으면 많아질수록 나는 대담해져 갔다. 내가 치는 공은 계속해서 가장자리를 뛰어 넘어갔다. 나는 불끈해서 수상쩍게 계산을 하고 있는 카운터를 큰 소리로 꾸짖으면서 자꾸만 판돈을 높였다. 요컨대 갑자기 자유의 몸이 된 철부지 어린아이와 같은 행동을 했던 것이다. 그 사이에 시간은 많이 흘렀다.

주린은 시계를 보자 큐를 놓더니 내가 1백 루블이나 잃었다고 말했다. 나는 약간 당황했다. 내 돈은 사베리치가 가지고 있었던 것이다. 나는 변명을 하기 시작했다. 주린은 내 말을 가로막으면서 말했다.

"뜻밖의 일이군! 걱정할 필요는 없어. 기다려 줄 테니 그러면 그 동안, 아리느시카한테나 가 보도록 하게."

어쩔 도리가 없었다. 이 하루동안은 처음이나 마지막이나 모두가 난잡했다. 우리들은 아리느시카가 있는 곳에서 저녁을 들었다. 주린은 군무에 익숙해져야 한다고 되풀이하면서 자꾸만 내 컵에다 술을 따르는 것이었다. 식탁에서 일어났을 때, 나는 서 있는 것만도 힘겨웠다. 주린은 한밤

중에 여관으로 나를 데리고 돌아왔다.

사베리치는 우리들을 현관 앞에서 맞아들였다. 군무에 대한 나의 열성을 의심하지 않을 수 없다는 듯이 그는 무척이나 놀랐다.

"나리, 이게 어찌된 일입니까?"

하고 그는 애처로운 목소리로 말했다.

"어디서 그렇게 많이 잡수셨습니까? 한심스럽군! 지금까지 쭉 이런 잘못은 하지 않으셨는데!"

"시끄럽다, 이 늙은이야!"

하고 나는 혀꼬부라진 소리로 되받았다.

"너야말로 분명히 술에 취했단 말이다. 잠이나 자……. 아니, 나를 침대에 재워줘."

다음날, 나는 심한 두통을 느끼며 잠에서 깨어나 어제 있었던 일을 어렴풋이 생각해 내고 있었다. 나의 상념은 차 한 잔을 들고 들어온 사베리치에 의해서 깨졌다.

그는 고개를 흔들면서 나에게 말했다.

"너무 빠릅니다, 표트르 안드레비치. 벌써 방탕한 생활을 시작하시다니 너무 빠릅니다요. 도대체 누구를 닮으셨기에 벌써부터 이러십니까? 분명히 부친께서도 조부께서도 술꾼은 아니셨고, 모친께서는 말할 것도 없습니다. 태어나서 지금까지 크와스 이외에는 한 방울이라도 마신 일이 없으셨으니까요. 자, 도대체 모두 누구 탓이겠습니까? 그 화가 치미는 무슈 탓입니다. 틈만 있으면 안치피브나에게 쫓아가서는 '마담, 보트카를 주세요.'라고 해 왔으니까요. 그런데 당신까지 물들게 하려 하더니! 기가 막혀서……. 그 죽일 놈 같으니, 좋은 걸 가르쳐 주었군. 거기에다 그런 사교도(邪敎徒)를 당신 가정교사로 고용할 필요가 있었다니, 정말! 마치 나으리님의 하인만으로는 부족한 것처럼 말입니다요."

나는 부끄러웠다. 나는 외면한 채 그에게 말했다.

"저리 가 주게, 사베리치. 차는 필요없어."

그러나 사베리치는 설교를 시작하면 끝내려 하지 않았다.

"보세요, 표트르 안드레비치. 술에 취한다는 것이 어떤 것인지를 알았지요? 머리도 무겁고 식욕도 없습니다. 술꾼이란 아무 쓸모도 없답니다. 오이를 소금에 절인 국물에다 꿀을 탄 것을 마셔 보지 않겠어요? 그래도 제일 좋은 것은 해장술로 과실주를 반 컵 마시는 겁니다. 그걸 가져올까요?"

그때 사내아이가 들어와서 주린의 편지를 내게 건넸다. 나는 그것을 펼쳐서 몇 줄을 읽었다.

친애하는 표트르 안드레비치, 아무쪼록 내가 보낸 이 심부름꾼에게 1백 루블을 보내 주십시오. 어제 당신이 잃은 그 돈 말입니다. 나는 지금 돈이 몹시 필요합니다. ― 이반 주린

어찌할 도리가 없었다. 나는 태연한 체하면서 돈이며 내의며 나에 관한 일은 모두 돌봐주는 사베리치를 향해서 그 사내아이에게 1백 루블을 건네주라고 명령했다.

"뭐라고요! 무슨 돈인데요?"

사베리치는 깜짝 놀라면서 물었다.

"나는 그만큼 그 사내에게 빚이 있어."

하고 애써 냉정하게 대답했다.

"빚이라고요?"

사베리치는 점점 놀라며 되물었다.

"하지만 나으리, 도대체 어느 사이에 그런 빚을 졌습니까? 아무래도 이상합니다. 그거야 나으리의 자유입니다만, 저는 그 돈을 줄 수 없습니다."

나는 생각했다. 만일 이 결정적인 순간에 이 완고한 노인의 고집을 꺾어 버리지 않으면, 앞으로 이러한 후견인의 감시로부터 벗어나기는 어려울 거라고. 그래서 거만한 태도를 취하면서 그를 노려보며 말했던 것이다.

"나는 너의 주인이고, 너는 내 하인이 아니냐. 돈은 내 것이야. 내가 져서 돈을 없앤 것은 그렇게 하고 싶었던 것 뿐이야. 충고해 두지만, 참견은 하지 말고 명령한 대로 해."

사베리치는 이런 내 말에 깜짝 놀라 두 손을 모아쥐고 그 자리에 선 채 꼼짝 못하게 돼 버렸다.

"어째서 그렇게 선 채로 있는 거야!"

나는 화가 난 것처럼 소리쳤다. 사베리치는 울기 시작했다.

"도련님."

하고 그는 떨리는 목소리로 말했다.

"저를 너무 슬프게 하지 마십시오. 저의 소중한 도련님! 이 노인의 말을 듣고 그 강도놈에게 편지를 쓰십시오. 그건 농담이었어. 그런 큰 돈은 수중에 없다고요. 1백 루블이라고! 말도 안 되는 소리야! 양친께서 호두까기 이외의 내기는 일절 해서는 안 된다고 굳게 굳게 다짐을 받았다고 써 보내십시오……."

"그런 엉터리는 집어치워."

나는 엄중히 가로막았다.

"돈을 이리 내놔, 그렇잖으면 너를 밖으로 쫓아낼 테야."

사베리치는 매우 슬픈 얼굴로 나를 보더니 내 빚돈을 가지러 갔다. 나는 불쌍한 노인을 가엾이 여겼다. 그러나 나는 이 기회에 완전히 자유롭게 되고 싶었으며, 이제 어린애가 아니라는 것을 보여주고 싶기도 했다. 돈은 주린에게 보내졌다. 사베리치는 나를 이 화가 치미는 싸구려 여관에서 급히 데리고 나가려 했다. 그는 말 준비가 다 되었다며 나타났다. 양심의 가책과 말없는 회한을 가슴에 품으면서 나는 신비일스크를 떠났다. 예의 그 주린에게는 작별의 인사도 하지 않았으며 또 어느 날인가 서로 만나게 되리라고는 생각해 보지도 않았다.

제2장 길 안내

길을 가는 도중, 내가 생각한 일은 별로 즐거운 것이 못되었다. 내가 게임에서 잃었던 금액은 당시로서는 상당한 액수였다. 신비일스크의 여인숙에서의 나의 행동이 어리석었다는 것을 나도 내심 인정하지 않을 수 없었고, 따라서 사베리치에게도 미안한 생각을 가지고 있었다. 이러한 일이 모두 나를 괴롭혔다. 노인은 나에게서 얼굴을 돌린 채 무뚝뚝하게 마부석에 앉아 말도 하지 않고 가끔 목청을 울릴 뿐이었다. 나는 어떻게 해서든 그와 화해를 하고 싶었으나 어떻게 말을 끄집어내야 할 바를 몰랐다. 결국 나는 그를 바라보면서 말했다.

"자, 자, 사베리치! 이제 그만 화해하도록 하세. 내가 잘못했어. 내 스스로도 나빴다는 것을 알고 있단 말이야. 어제는 몹시 바보같은 짓을 했을 뿐만 아니라, 공연히 자네의 마음까지 상하게 만들어 버렸어. 약속하겠네. 앞으로는 좀더 정신을 단단히 차리고, 자네의 말을 듣기로 하겠네.

자, 이제 화를 내지 말아 주게, 화해하도록 하세."

"별말씀을 다하십니다, 젊은 나으리."

하고 그는 깊은 한숨을 쉬면서 대답했다.

"나 자신에게 화를 내고 있습니다요. 모두 제 잘못입니다. 어쩌자고 당신을 홀로 그런 곳에다 남겨 두었는지 모르겠습니다. 어쩌겠습니까요. 마치 귀신한테 홀린 것처럼 갑자기 사원에서 일하는 남자의 아내에게 가봐야겠다는 마음이 들지 않았겠습니까? 그녀는 제 대모거든요. 대모에게 들렀더니 감방에 들어갈 일이 생겼다는 식으로 이야기하는 건가 봅니다. 아니 정말로 지독한 재난이었습니다……. 무슨 낯으로 주인님을 대하겠습니까? 도련님이 술을 마시고 돈내기를 했다는 것을 아시게 되면 뭐라고 말씀하시겠습니까?"

가엾은 사베리치를 달래기 위해 나는 앞으로 그의 동의 없이는 1코페이카의 돈도 마음대로 쓰지 않겠노라고 약속했다. 그는 조금씩 침착해졌다. 그래도 여전히 가끔 머리를 흔들면서 입속으로 중얼거렸다.

"백 루블! 보통 돈이 아닙니다요!"

나는 목적지에 가까워지고 있었다. 주위에는 쓸쓸한 황야가 언덕과 골짜기가 끊기면서 펼쳐져 있었다. 모두가 눈에 덮여 있었고, 해도 저물어 가고 있었다. 포장마차는 좁은 길을 가고 있었다. 아니, 정확히 말하면 농부들의 썰매가 지나간 흔적을 더듬으며 달리고 있었던 것이다. 갑자기 마부가 옆을 이리저리 바라보기 시작했는가 싶더니 이윽고 모자를 벗으며 내게로 몸을 돌리면서 말하는 것이었다.

"나으리, 되돌아가는 것이 어떻겠습니까?"

"그건 왜?"

"날씨가 심상치 않습니다. 바람이 불기 시작했어요. 보십시오, 금세 내린 눈을 바람이 저렇게 쓸어버리고 있습니다요."

"그것이 어쨌다는 말이냐!"

"그러시다면, 저쪽에 뭣이 보입니까?"

마부는 말채찍을 들어 동쪽을 가리켰다.

"아무것도 보이지 않는데, 하얀 들판과 맑게 갠 하늘뿐이야."

"아닙니다. 저쪽……, 저쪽입니다. 저 작은 구름 말씀입니다."

자세히 보니 분명코 하늘 구석에 하얗고 작은 구름이 있었다. 처음에는 멀리 있는 작은 산과 혼동할 뻔했다. 마부는 그 구름이 큰 눈보라의 징조라고 설명했다.

나는 이 지방의 눈보라에 관해서 들은 바가 있었기 때문에, 눈보라로 인해서 짐썰매의 긴 행렬이 모조리 파묻혀 버리는 일이 종종 있다는 것을 알고 있었다. 사베리치는 마부의 의견에 찬성해서 되돌아가자고 권했다. 그러나 나는 바람이 대단치 않다고 생각되었다. 나는 눈보라가 불기 전에 다음 숙소에 도착할 수 있을 것 같아서 더 빨리 가라고 명령했다.

마부는 말을 채찍질하면서도 여전히 동쪽을 걱정스럽게 바라보고 있었다. 말은 발을 맞추면서 달리고 있었다. 그러는 사이에 바람은 점점 강해졌다. 작은 구름이 하얀 눈 구름으로 변하고 무섭게 퍼져 나가면서 부풀어 오르더니 점차로 하늘을 뒤덮고 말았다. 싸락눈이 내리기 시작했다. 그러자 갑자기 함박눈이 펑펑 쏟아지며 바람이 몰아쳤다. 눈보라로 변한 것이다. 삽시간에 어두운 하늘과 눈의 바다를 분간할 수 없게 되었다. 아무것도 보이지 않았다.

"자, 나으리."

마부가 소리쳤다.

"큰일났습니다. 지독한 눈보라입니다!"

나는 포장 안에서 밖을 내다봤다. 주위는 암흑이었고 눈보라가 소용돌이치고 있었다. 바람은 거칠어서 마치 생명을 가진 것처럼 미친듯이 울부짖었다. 눈이 나하고 사베리치를 완전히 덮어 버렸다. 말은 천천히 조금씩 걷다가는 얼마 못 가서 아예 서 버리고 말았다.

"어째서 앞으로 나가지 않느냐?"

나는 초조해서 마부에게 물었다.

"이래서야 어떻게 갈 수 있겠습니까?"

마부석에서 내려오며 그는 대답했다.

"어디로 가야 할지 전혀 분간을 할 수 없습니다. 길도 없고 주위는 어두워서."

나는 마부에게 욕을 하기 시작했다. 사베리치는 그를 두둔하고 나섰다.

"고집을 부려서 말을 듣지 않았기 때문입니다."

하고 화가 나서 말하는 것이었다.

"여관으로 되돌아가 차라도 잔뜩 마시고 아침까지 푹 잠이나 자면서 폭풍우가 멎은 뒤에 떠나도 될 걸 그랬어요. 어디 급한 용무가 있는 것도 아니고. 결혼식에라도 간다면 얘기는 다르지만요!"

사베리치의 말은 옳았다. 그러나 어쩌할 도리가 없었다. 눈은 더욱 세차게 내려 포장마차의 둘레에도 눈이 쌓이기 시작했다. 말은 머리를 내려뜨리고 그 자리에 서 있었으며 가끔 몸을 떨고 있었다. 마부는 그 주의를 왔다갔다 하면서 아무것도 할 일이 없었으므로 마구(馬具) 등을 고치고 있었다. 사베리치는 투덜대면서 뭔가 말을 하고 있었다. 나는 집이든

지 길 같은 것이 보일까 싶어 사방팔방을 둘러보았지만 자욱한 눈보라가 소용돌이칠 뿐, 아무것도 분간할 수가 없었다. 순간 나는 뭔가 검은 물체를 발견했다.

"여보게, 마부!"

나는 외쳤다.

"저기 좀 봐라. 저기에 검게 보이는 것이 뭐냐?"

마부는 잔뜩 그것을 노려보기 시작했다.

"모르겠습니다, 나으리."

그는 자기 자리에 앉으면서 말했다.

"짐마차나 나무가 아닌가 하고 생각했지만 그렇지도 않습니다. 하지만 움직이고 있는 걸 보니 틀림없이 늑대가 아니면 사람일 겁니다."

나는 그 정체를 모르는 물체 쪽으로 말을 몰라고 했는데 곧 그쪽에서도 우리 쪽으로 움직이기 시작했다. 2분 후에 우리들은 한 사내와 마주쳤다.

"여보시오, 아저씨!"

하고 그 사내에게 마부가 말을 걸었다.

"말 좀 물읍시다. 어디에 길이 있는지 알고 있소?"

"길이라면 여기지요. 난 단단한 땅 위에 서 있으니까."

그 사내가 대답했다.

"그런데 그게 어떻게 되었다는 겁니까?"

"여보시오!"

하고 나는 그에게 말했다.

"이 근처를 알고 있는지? 어디 쉴 만한 곳으로 데려가 주지 않겠소?"

"난 이 근처를 알고 있지요."

하고 그는 대답했다.

"다행히 난 이 지방을 두루 돌아다녔고 수레도 많이 타 봤으니까. 하지만 보시다시피 날씨가 이 모양이니 길을 잃게 될지도 모릅니다. 여기에 가만히 있으면서 날씨가 좋아지기를 기다리는 것이 좋을 겁니다. 눈보라가 멎을지도 모르고 하늘이 갤지도 모르니까요. 그렇게 되면 별빛으로 길을 찾을 수 있겠지요."

그의 침착한 태도가 내게 용기를 북돋아 주었다. 나는 모든 것을 하느님의 뜻에 맡기고 광야의 한가운데서 하룻밤을 지내기로 결심하고 있었는데, 그때 갑자기 사내가 재빠르게 마부석으로 뛰어 오르더니 마부를 향해서 말했다.

"자, 고맙게도 가까이에 인가가 있소. 오른쪽으로 돌아가 봅시다."

"왜 내가 오른쪽으로 가지 않으면 안 되는 거요?"

하고 마부는 불평스럽게 물었다.

"도대체 어디에 길이 있다는 거요? 아마 말은 남의 것, 말 굴레도 자기 것이 아니니까, 말을 채찍질하라, 꾸물대지 말라 하는 거겠지."

마부가 하는 말이 옳다고 생각했다.

나는 말했다.

"정말 어째서 당신은 집이 가까이에 있다고 생각하는 거지요?"

"바람이 그쪽에서 한 번 쏴 하고 불어 왔거든요."

하고 통행인은 대답했다.

"그래서 연기 냄새를 맡았던 겁니다. 즉 마을이 가까이 있다는 증거지요."

나는 그의 명석하고 민첩하며 예민한 감각에 깜짝 놀라고 말았다. 나는 마부에게 가보라고 명령했다. 말은 무거운 발걸음으로 깊이 쌓인 눈을 밟으면서 갔다. 포장마차는 눈덩이에 기어오르기도 하고, 구덩이에 빠지기도 하면서 좌우로 기우뚱거리며 천천히 앞으로 나갔다. 그 광경은 폭풍우가 몰아치는 바다를 배가 항해하는 것과 같았다. 사베리치는 쉴새없이 내 옆구리에 부딪히면서 한숨을 쉬고 있었다. 나는 문에 걸려 있는 발을 내리고 모피외투를 뒤집어쓰고는 폭풍우의 노래와 조용한 마차의 흔들림에 졸음이 와서 꾸벅꾸벅 졸기 시작했다.

나는 꿈을 꾸었다. 그 꿈을 절대로 잊을 수가 없었으며, 내 생애의 이상한 사건과 견주어 생각해 보면, 그 꿈에는 지금도 뭔가 예언적인 것이 있었다고 생각되었던 것이다. 이 책을 읽는 사람도 용서해 주리라. 왜냐하면 편견을 몹시 경멸하면서도 미신에 마음을 빼앗기는 것이 사람의 통상적인 일이라는 것을 경험상 아마도 알고 있을 테니 말이다.

나는 그때, 막 잠이 들기 시작한 망망한 환상 속에서 현실이 차차 몽상에 굴복되어 몽상과 하나로 혼합될 때의 그 감각과 마음의 상태에 있었다. 꿈 속에서도 지독한 눈보라는 여전히 미친 듯이 휘몰아쳤고, 우리들은 아직도 눈 속의 광야를 헤매고 있는 것 같았다. 문득 나는 문이 있는 것을 보았다. 그리고 나는 우리 집의 마당 앞쪽으로 마차를 대었다. 제일 먼저 떠오른 생각은 본의 아니게도 부모의 슬하로 되돌아온 일에 대해서 아버지가 화를 내는 것이나 아닐까, 그리고 내가 고의로 아버지를 거역했다고 오해하지나 않을까 하는 일이었다. 불안한 마음으로 포장마차에서 뛰어내렸다. 그리고 나서 보니 어머니가 현관 앞까지 나를 맞으러 나왔는데 얼굴에는 깊은 슬픔이 가득했다.

어머니는 내게 말했다.

"조용히 하거라. 아버지가 병환으로 위독하시다. 그래서 너에게 마지막 작별을 하고 싶어 하신단다."

공포심을 느끼면서 나는 어머니 뒤를 따라 침실로 들어갔다. 가만히 보니 방안에는 극히 작은 불빛밖엔 없었다. 침대 옆에는 슬픈 듯한 얼굴로 사람들이 서 있었다. 나는 살며시 침대로 다가갔다.

어머니는 침대의 커튼을 약간 올리면서 말했다.

"안드레이 페트로비치, 페트루샤가 왔습니다. 당신이 위급하다는 것을 알고 되돌아 왔습니다. 이 아이를 축복해 주세요."

나는 무릎을 꿇고 가만히 병자의 눈을 바라보았다. 어찌된 일일까? 나의 아버지 대신 침대에 누워 있는 것은 검은 턱수염을 기른 남자였으며, 유쾌한 듯 나를 바라보고 있는 것이다. 나는 어떻게 하면 좋을지를 몰라, 어머니 쪽을 뒤돌아보면서 말했다.

"이것은 어찌된 일입니까? 이 사람은 아버지가 아닙니다. 어째서 낯선 남자한테 축복을 받아야 한단 말입니까?"

"마찬가지예요. 페트류샤."

하고 어머니는 내게 대답했다.

"너의 대부란다. 그의 손에 입을 맞추어서 축복을 받고……."

나는 그 말에 따르지 않았다. 그러자 그 사나이는 침대에서 벌떡 일어서더니 등에서 도끼를 쑥 뽑아 들고, 사방팔방으로 휘두르기 시작했다. 나는 도망치고 싶었지만 그러지를 못했다. 방은 시체로 가득했다. 나는 시체에 발이 걸려 넘어질 뻔하기도 했고, 흥건히 괸 피에 미끄러지기도 했다. 그 무서운 남자는 다정하게 나를 부르면서 말했다.

"무서워 할 건 없어, 이쪽으로 와서 내 축복을 받아요."

공포와 의혹이 나를 사로잡았다.

그 순간, 나는 눈을 떴던 것이다.

마차는 멈추어 서 있었다. 사베리치가 내 손을 잡아 끌면서 말했다.

"내리십시오, 나으리. 도착했습니다."

"여기가 어디지?"

나는 눈을 비비면서 말했다.

"여인숙으로 되돌아왔습니다. 하느님 덕분에 겨우 이 집 문앞에 닿았습니다. 내리십시오, 나으리. 빨리 몸을 녹이십시오."

나는 마차에서 나왔다. 눈보라는 아직 멎지 않았지만 기세가 약해져 있었다. 한 치 앞도 보이지 않는 암흑이었다. 여관 주인은 옷깃으로 등불을 감싸면서 문까지 우리를 맞이한 후 좁기는 했지만 깨끗한 응접실로 안내했다. 가는 촛불이 그 방을 비치고 있었다. 벽에는 소총 한 자루와 높다란 카자흐 모자가 걸려 있었다.

주인은 야이크 카자흐 출신인 60세쯤 되어 보이는 남자였으며 아직도 젊고 건강해 보였다. 사베리치는 내 뒤를 따라 차도구가 들어 있는 상자를 운반해서는 차를 끓일 수 있게 불을 달라고 청했다. 나는 그때처럼 차를 마시고 싶다는 생각을 해본 일이 한번도 없었다. 주인은 허둥지둥 준비를 하러갔다.

"그 길 안내인은 어디로 갔느냐?"

내가 사베리치에게 물었다.

"여기 있습니다, 나으리."

하고 위쪽에서 소리쳤다. 나는 높게 만들어 놓은 침상 위에 검은 수염과 번쩍번쩍 빛나는 두 개의 눈을 보았다.

"어떻게 된 거지? 당신, 얼어붙어 버렸소?"

"얼어붙지 않을 턱이 있었겠습니까요. 어쨌든 이 얇은 나사의 외투뿐이었으니까요! 가죽으로 만든 긴 외투도 있었지만, 사실대로 말하면 어젯밤 술집에 잡혀먹고 말았습니다. 대단한 추위는 되지 않을 것 같아서요."

이때, 주인이 펄펄 끓는 사모바르를 들고 들어왔다. 나는 길 안내인에게 우리들과 함께 차를 마실 것을 권했다. 사내는 침상에서 내려왔다. 그의 용모에는 뭔가 특이한 점이 있는 것같이 생각되었다. 나이는 40세쯤이고 중키이며 여위어서 뼈가 앙상하게 보이지만 어깨가 딱 벌어진 사내였다. 매우 검은 수염 속에 흰 털이 드문드문 섞여 있었다. 생생하고 큰 눈은 끊임없이 움직이고 있었다. 그의 얼굴은 상당히 호감이 갔으나 어딘지 모르게 교활한 구석이 잇는 생김새였다. 머리털은 빡빡 깎았다. 몸에 걸치고 있는 것이라고는 해어져서 누더기가 된 나사외투와 타타르식의 헐렁헐렁한 바지뿐이었다. 나는 그에게 차를 따라주었다. 그는 약간 입을 대 보더니 상을 찌푸렸다.

"나으리, 부탁이 있습니다만…… 저, 술을 한잔 주시지 않겠습니까. 차 같은 것은 우리들 카자흐가 마실 것이 못됩니다."

나는 흔쾌히 그의 청을 들어주었다. 주인은 선반에서 보트카 술병과 컵을 끄집어 내, 그에게로 가까이 다가가서 얼굴을 들여다보면서 말했다.

"어이구, 당신 아직도 이 근처에 있었군! 어디에 있었지?"

나의 길 안내인은 의미심장하게 눈짓을 하더니 속남을 써 가면서 대답을 했다.

"야채밭을 뛰어다니면서 삼(麻)씨를 쪼아먹고 있었지. 노파가 돌을 던

졌지만 맞지 않았어요. 그런데 당신은 어떻습니까?"

"아아, 이쪽도 마찬가지야!"

하고 주인은 수수께끼 같은 이야기를 계속했다.

"밤기도의 종을 치려고 했는데 신부의 아내가 못치게 했어. 신부가 손님으로 초대되면, 악마가 교회에 찾아오지."

"그만해요, 주인장."

하고 우리의 부랑자(浮浪者)는 대꾸했다.

"비가 와야 버섯이 돋아나고 버섯이 돋아나야 바구니도 생기는 법이지요. 자, 지금은 (여기서 그는 다시 눈짓을 했다) 도끼를 등에 감추어 두는 겁니다. 산지기가 왔다 갔다 하고 있으니까. 나으리! 당신의 건강을 위해서!"

이렇게 말했는가 싶더니 그는 컵을 잡고 열 십자를 그은 후 단숨에 들이켰다. 그 다음에 내게 인사를 하고는 침상으로 돌아갔다.

그때는 이 도적이 은어(隱語)로 말하는 대화를 하나도 몰랐었다.

1772년의 반란 사건 이후—푸가초프의 난(亂)의 전년에 해당함—당시 막 진압된 야이크 카자흐군(軍)의 사건에 관한 이야기였다는 것을 뒷날에 가서야 알게 되었던 것이다. 사베리치는 매우 불만스런 표정으로 이야기를 듣고 있었다. 그는 의심스러운 듯이 주인과 길 안내인을 번갈아 보고 있었다. 이 여인숙은 이 지방의 말로 한다면 초가집이라고 하지마는 한길에서 떨어진 들판 한가운데 있고, 인가가 없는 곳에 있어 과연 도적들의 은신처 같았다. 그러나 어쩔 도리가 없었다. 다시 길을 떠난다는 것은 생각지도 못할 일이었다.

사베리치가 걱정하는 모습이 내게는 매우 재미있었다. 그러는 동안에 나는 잠자리를 마련해서 긴 의자에 누웠다. 사베리치는 페치카 위에서 자기로 정했다. 주인은 마루 위에서 잤다. 얼마 안 있어 모두 코를 골기 시작했고 나도 죽은 듯이 잠들어 버렸다.

이튿날 아침 느지막이 눈을 떠보니 심한 바람은 멎어 있었고, 태양은 빛나고 있었다. 끝없는 광야를 눈이 덮고 있었다. 말 준비가 돼 있었다. 나는 주인에게 숙박비를 계산해 주었는데 주인이 우리들에게 청구한 액수가 매우 적어서 사베리치도 말다툼을 하지 않았고, 평상시처럼 값을 깎으려 하지도 않았다. 그래서 어제의 의심 따위는 그의 머리에서 깨끗이 지워지고 있었다. 나는 길 안내인을 불러 그의 도움에 감사하고 사베리치에게 술값으로 반 루블을 주도록 했다. 사베리치는 낯을 찡그렸다.

"술값으로 반 루블!"

하고 그는 말했다.

"그건 또 뭣 때문입니까? 오히려 나으리가 이 사내를 여인숙까지 데리고 오시지 않았습니까? 나으리, 그것은 좋으실 대로 하십시오. 우리는 반 루블이라도 여유가 없습니다요. 아무한테나 술값을 주는 날에는 우리들이 밥을 굶게 됩니다."

나는 사베리치하고 말다툼을 할 수 없었다. 내가 약속을 해버렸기 때문에 돈은 완전히 그의 권한 안에 있었던 것이다. 그러나 내 입장으로는 가령 재난이라고는 말할 수 없다고 해도, 적어도 몹시 유쾌하지 못한 상태로부터 나를 구해준 이 사내에게 아무런 사례를 할 수 없다는 것은 서운한 일이었다.

"좋다."

하고 나는 매우 침착하게 말했다.

"반 루블을 줄 수 없다면 내 옷 중에서 뭔가 내주도록 하라. 저 사람이 입은 옷은 너무 얇으니까. 그렇지, 그 토끼가죽으로 만든 외투를 내주도록 하라."

"천만의 말씀입니다요, 나으리."

사베리치는 말했다.

"나으리의 토끼가죽 외투를 뭐라고 이 사내에게 준단 말입니까? 저런 짐승같은 놈은 맨 먼저 들어가는 술집에서 이것을 잡혀 놓고 마셔버릴 것입니다."

"노인장, 그것은 당신이 걱정할 바가 아닐 텐데."

하고 그 부랑자가 말했다.

"술을 마시든 안 마시든 간에, 나으리는 자기 외투를 벗어 내게 주시겠다고 하시잖소. 그건 주인님의 뜻이오. 하인이면 주인님이 분부대로 해야 할 것 아니오?"

"하느님도 두려워하지 않는 도적놈!"

하고 사베리치는 화가 난 목소리로 대답했다.

"네가 봐도 알겠지만 우리 나으리는 아직 아무것도 모르고 계시단 말이야. 그런데도 너는 순진한 나으리를 이용해 무엇이든 빼앗으려고 하는 거지. 나으리의 가죽외투가 어째서 너한테 필요하다는 거야? 어차피 그 더러운 어깨에는 맞지 않을 텐데."

"괜찮으니 그리 이유를 늘어놓지 말게."

하고 나는 노인에게 말했다.

"당장 이리로 가죽외투를 가져와요."

"아아, 터무니없는 일이 돼 버렸어."

하고 사베리치는 한숨을 내쉬었다.

"아주 새 토끼 외투인데! 그것을 하필이면 이런 거지같은 주정뱅이에게 주다니!"

결국 토끼가죽 외투는 그에게 주게 되었다.

사내는 즉시 몸에 맞춰보기 시작했다. 실은 이 가죽외투가 내게도 약간 작아서 거북스러웠던 터라 그에게도 조금 작았지만 그는 이리저리 궁리를 해 보더니 솔기를 풀어서 입었다. 사베리치는 솔기를 풀어헤칠 때 실이 끊어지는 소리를 듣고 당장이라도 울부짖을 듯했다. 부랑자는 내 선물에 몹시 만족해했다. 그는 포장마차가 있는 곳까지 나를 배웅해 와서는 낮은 목소리로 인사를 하면서 말했다.

"고맙습니다, 나으리. 나으리의 자비심에 좋은 보답이 있기를 바랍니다. 당신의 호의는 평생 잊지 않겠습니다."

그는 제 갈 데로 가 버렸고, 나도 화가 나 있는 사베리치한테는 신경을 쓰지 않은 채 여행을 계속했다. 그리고 얼마 후에는 어제의 눈보라도, 길을 안내받았던 일도, 토끼가죽 외투에 대한 것도 잊어버리고 말았다.

오렌부르그에 도착하자 나는 즉시 장군을 찾아갔다. 내가 본 것은 키가 큰 사내였는데 이미 나이를 먹어 허리가 굽어 있었다. 그의 긴 머리털은 완전한 백발이었다. 낡고 퇴색한 군복은 안나 요아노브나 여왕 시대 (1730~1740)의 군인을 상기시켰다. 그의 말에는 거센 독일식의 악센트가 있었다. 나는 그에게 아버지의 편지를 건넸다. 아버지의 이름을 보자 쓱 나를 훑어보았다.

"놀랍군"

하고 그는 말했다.

"안드레 페트로비치가 지금 자네만 했던 것이 엊그제 같은데, 지금 이렇게 큰 아들이 있다니! 아아, 세월이야, 세월이란 막을 수가 없는 거군!"

그는 편지를 뜯어 사설을 덧붙이면서 작은 소리로 읽기 시작했다.

"'안드레 칼로비치 좌하, 원하옵건대 각하' …… 예의범절이 바르기도 하군. 흠, 쑥스럽게 말이야! 물론 군율(軍律)이 제일이지. 하지만 옛동료에게 이같이 쓰는 법은 없는 건데……. '각하께서는 잊으시지 않으셨겠지만' …… 흠…… '그리고…… 당시…… 지금은 없는 원수(元帥) 미니…… 행군에서…… 그리고 또…… 카로린카를……' 아니, 형제라고, 그는 아직 옛날 우리들의 장난을 기억하고 있군. '그건 그렇고 이제 용건을 말씀드리겠습니다만…… 장군에게 저의 우자(愚子)를' 흠…… '고슴도치의 장갑처럼 돌보아 주시기를' …… 뭐야, 이 고슴도치의 장갑이란 말은? 이것은 오로시아의 속담임에 틀림없을 거야……. 뭐야, 고슴도치의 장갑처럼 돌본다 하는 것은?'

하고 그는 나를 바라보면서 되풀이했다.

"그것은 말입니다."

나는 될 수 있는 대로 순진한 체하면서 그에게 대답했다.

"너무 엄격하게 하지 말고 다정하게 돌본다, 가능한 한 자유를 준다고 하는 것이 고슴도치의 장갑처럼 돌본다는 것입니다."

"흠, 알았어……. '그러하오나 자유는 주시지 마시고' …… 아니야, 고슴도치의 장갑이란 그런 뜻이 아닌 것 같은데……. '여기에……우자(愚子)가 신분증을' 신분증은 어디 있어? 아아, 이건가…… '세미요노프 연대(聯隊)에서 서면과 함께 제적' …… 좋아, 좋아, 모두 해결해 주겠어……. '옛 동료로서 친구로서…… 무례한 일이지만 귀하를 포옹' 아아,

겨우 알았어⋯⋯ 그리고 이와 같이 이러구저러구⋯⋯ 그런데, 자네."

하고 그는 편지를 다 읽고 내 신분증을 옆에다 놓더니 말했다.

"모두 해결해 주겠어. 자네는 ○○○연대에 장교로서 전임(轉任)하는 거야. 시간을 허비할 필요가 없으니 내일이라도 벨로고르스크 요새로 출발하게. 거기서 자네는 성실하고 착한 미로노프 대위의 지휘하에 들어가는 걸세. 거기서 자네는 실무를 배우도록 하게. 이 오렌부르그에서는 자네가 할 일은 아무것도 없어. 한가한 생활은 젊은 사람에게는 해독이 되는 거야. 그리고 오늘은 내 집에서 식사나 함께 하세."

'갈 수록 태산이군!

하고 나는 마음속으로 생각했다.

'어머니 뱃속에 있을 때 근위 상사였는데 도대체 그게 무슨 소용 있어? 생각지도 않은 일로 되지나 않을까? 행선지가 ○○○연대, 더구나 키르기즈 스텝(草原)의 국경선에 있는 후미진 요새니 말이야!

나는 안드레 칼로비치의 집에서 늙은 부관과 셋이서 식사를 했다. 엄격한 독일식 살림은 그의 식탁에서도 충분히 짐작할 수 있었다. 자신의 홀아비 살림에다 사원(寺院)식 식탁에 가끔 손님을 맞이하지 않으면 안 된다는 두려움이, 급히 나를 수비대로 쫓아 보내는 하나의 원인이 아닌가 하는 생각도 해보았다.

이튿날 나는 장군에게 작별 인사를 하고 나의 임지를 향해 출발했다.

제3장 요새(要塞)

우리들은 요새를 수비하면서 빵과 물만으로 살아 가노라.
무자비한 적의 군세가 진지를 향하여 공격해 오면
손님을 술자리에 대접하면서 총에다 장전한다, 산탄(散彈)을. — 병사의 노래 —
옛날 사람입니다요, 당신. — 미성년(未成年) —

　벨로고르스크 요새는 오렌부르그에서 백 리 떨어진 곳에 있었다. 길은 야이크 강(우랄강의 옛 이름)의 험준한 강 기슭을 따라서 뻗어 있었다. 강은 아직 얼지 않았으며 납 빛깔을 띤 파도가 새하얀 눈으로 덮여진 단조로운 양쪽 강기슭 사이에 끼인 채 쓸쓸하게 검은 빛을 띠고 있는 것같이 보였다. 강 너머로는 키르기즈의 초원이 펼쳐져 있었다. 머리에 떠오르는 것은 전부 서글픈 것이었다. 수비대의 생활은 내게 거의 매력이 없는 것이었다.

　나는 앞으로 내 상관이 될 미로노프 대위의 모습을 마음에 그려 보려고 했다. 어쩐지 그는 엄격하고 화를 잘 내는 노인으로 근무 이외의 일은 아무것도 모르며 아무리 하찮은 일이라도 즉시 나를 영창에 집어넣고 빵과 물만 주는 사람일 것만 같았다. 어느새 날이 저물었다. 마차는 상당한 속도로 달리고 있었다.

"요새까지는 아직도 먼가?"

나는 마부에게 물었다.

"멀지는 않습니다."

그는 대답했다.

"저기 보이는군요."

어마어마한 진지와 망루와 참호 등이 보일 거라고 기대하고 사방을 둘러보았으나 통나무 울타리로 둘러싸인 조그마한 마을밖엔 보이지 않았다. 한 쪽에는 반쯤 눈에 묻혀 있는 건초(乾草)더미가 3, 4개 있었고 다른한 쪽에는 지붕이 기울어진 방앗간이 있었으며 보리수 껍질로 만든 풍차의 날개가 맥없이 늘어져 있었다.

"도대체 요새는 어디야?"

나는 이상하게 생각해서 물었다.

"아아, 저겁니다."

하고 마부는 그 조그마한 마을을 가리키면서 대답했는데 그 말과 함께우리들은 마을 안으로 들어가고 있었다. 마을의 어귀에서 나는 무쇠로만든 낡은 대포를 발견했다. 길은 좁고 꼬불꼬불했다. 농가는 키가 낮았으며 대부분이 짚으로 지붕이 이어져 있었다. 나는 사령관이 있는 곳에다 마차를 세우라고 명령했다. 그러자 얼마 후, 포장마차는 목조로 된 교회와 가까운 언덕에 자리잡은, 역시 목조로 된 조그마한 집 앞에 멈췄다.

아무도 마중을 나오지 않았다. 나는 집안으로 들어가서 현관문을 열었다. 늙은 상이군인이 책상 위에 앉아 녹색의 군복 팔꿈치에 파란 헝겊을대고 꿰매고 있었다.

나는 그 사내에게 신고해 달라고 명령했다.

"들어가십시오, 나으리."

그 상이군인은 대답했다.

"모두 집에 계십니다."

나는 옛날 그대로 꾸민 깨끗한 방으로 들어갔다. 구석에 식기 찬장이 있고, 벽에는 유리를 끼운 액자에다 넣은 장교 임명장이 걸려 있었다. 그 옆에는 '키스트린과 오챠코프 점령'과 '신부놀이'와 '고양이의 매장' 등을 그린 값싼 판화(版畵)가 아름다움을 뽐내고 있는 것이었다. 창가에 는 솜을 넣은 동옷을 입고 두건을 쓴 노파가 앉아 있었다. 그녀는 장교복 을 입은 한쪽 눈이 없는 노인이 두 손을 벌려 떠받치고 있는 실을 감고 있 었다.

"무슨 용무시지요?"

그녀는 자기가 하고 있는 일을 계속하면서 물었다. 나는 근무를 하기 위해서 찾아왔으며, 그리고 내 의무상 대위님께 신고하러 왔다고 대답했 다. 그리고 이렇게 말을 하면서 애꾸눈의 노인 쪽으로 다시 몸을 돌리려 했다. 그를 사령관이라고 생각했기 때문이다. 그런데 여주인은 내가 암 기해 가지고 온 말을 가로 막았다.

"이반 쿠즈미치는 지금 집에 없습니다."

그녀는 말했다.

"게라심 신부님이 부르셔서 거기 갔습니다. 하지만 상관없어요. 내가 안주인이니까. 아무쪼록 잘 부탁합니다. 좀 앉으시지요."

그녀는 하녀를 불러 카자흐의 하사관을 찾아오라고 했다. 노인은 하나 밖에 없는 눈으로 신기한 듯 나를 힐끔힐끔 바라보고 있었다.

"실례합니다만."

하고 그는 내게 말을 걸었다.

"당신은 어느 연대에 계셨습니까?"

나는 그의 호기심을 만족시켜 주었다.

"다시 한번 실례합니다만."

하고 그는 질문을 계속했다.

"어째서 근위대에서 수비대 같은 곳으로 오시게 되었습니까?"

그것은 상관의 뜻이라고 나는 대답했다.

"그럼, 아마 근위 장교에 위배되는 행위라도 한 모양이군요."

하고 끊임없이 말을 해댔다.

"쓸데없는 이야기는 이제 그만해."

하고 대위 부인은 그에게 핀잔을 주었다.

"알고 있겠지요, 이 젊은 분이 먼 길을 와서 피로하다는 것쯤은. 이 사람은 당신에게 마음 쓸 여유가 없다구요……. 자, 손을 더 좀 똑바로 하세요…… 그런데 말입니다, 당신."

하고 이번에는 나를 바라보면서 말을 이었다.

"이렇게 외딴 곳으로 쫓겨왔다고 비관하면 안 됩니다. 당신이 처음도 아니고, 마지막도 아니니까요. 참고 있으면 곧 좋아지게 돼요. 슈바브린 알렉세이 이바느이치도 사람을 죽였기 때문에 이곳으로 전근이 되어, 벌써 5년이 지났어요. 갑자기 무슨 악마가 씌었는지 어느 중위하고 교외로 나가 서로 칼을 뽑아들고 싸움을 했다는 거예요. 거기서 알렉세이 이바느이치는 그 중위를 찔러 죽이고 만 거예요. 더구나 두 사람의 입회인이 있는 자리에서! 이렇게 되면 누군들 별 수 있겠어요? 누구라도 과오라는 것은 있는 법이니까요."

이때, 한 하사관이 들어왔다. 젊고 날씬한 카자흐였다.

"마크시므이치!"

라고 대위 부인은 그에게 말했다.

"장교님을 숙소로 모셔다 드려요. 깨끗한 곳으로 말예요."

"알겠습니다, 바시리사 예고로브나."

하고 하사관은 대답했다.

"장교님을 이반 포레자예프의 집에 계시게 하면 어떻습니까?"

"그건 안 돼요, 마크시므이치."

대위 부인은 말했다.

"포레자예프의 집은 지금도 그렇게 불편한데. 거기에다 그 사람은 나의 대부이고, 또 우리들을 상관으로 대접하고 있으니까. 이 장교님을……, 그런데 당신 이름과 부친 성함이 어떻게 되시죠? 표트르 안드레비치인가요?…… 그럼 표트르 안드레비치를 세몬 크즈프가 있는 곳으로 안내해요. 그 사기꾼 같은 놈, 자기 말을 남의 야채밭에 들어가게 두었다니까요! 그런데 별다른 일은 없지요?"

"예, 덕택으로 만사가 평온합니다."

하고 카자흐는 대답했다.

"다만 프로호로프 하사가 목욕탕에서 한 바가지의 목욕물 때문에 우스치냐 네그리하고 서로 때리면서 싸웠을 뿐입니다."

"이반 이그나찌치!"

하고 대위 부인은 애꾸눈의 노인에게 말했다.

"프로호로프와 우스치냐를 조사해서 어느 쪽이 옳고 어느 쪽이 잘못했는지를 판정하세요. 그래서 두 사람에게 단단히 훈계를 해요. 자, 마크시

브이치, 어서 가 봐요. 표트르 안드레비치, 마크시므이치가 당신을 숙소로 안내할 겁니다."

나는 인사를 하고 물러나왔다. 하사관은 나를 요새에서 제일 떨어진 높은 강가 위에 서 있는 농가로 안내했다. 집의 반은 세몬 크조프의 가족이 차지하고 있었으므로 나에게 배당된 것은 나머지 반이었다. 단칸방은 깨끗한 편이었으며 칸막이를 쳐서 둘로 나뉘어져 있었다. 사베리치는 방안을 정리했고 나는 작고 좁은 창으로 밖을 내다보기 시작했다.

내 눈앞에는 쓸쓸한 초원이 끝없이 펼쳐져 있었다. 길 저쪽에 조그마한 농가가 몇 채 서 있었고 길에는 닭이 몇 마리 한가롭게 돌아다니고 있었다. 노파가 양철통을 들고 계단에 서서 돼지를 큰 소리로 부르자, 돼지들은 그녀에게 반가운 듯 꿀꿀 소리를 지르며 달려왔다. 이곳이 내가 나의 청춘을 보내도록 운명지워진 땅이었던 것이다!

나는 우수(憂愁)에 사로잡혔다. 나는 창가에서 물러나 사베리치의 충고도 듣지 않은 채 저녁식사도 들지 않고 잠에 들어 버리고 말았다. 사베리치는 상심하여 되풀이해서 말하고 있었다.

"아아, 이를 어쩌면 좋지! 아무것도 드시려고 하지 않으니! 도련님이 병이라도 나시게 되면 마님께서 뭐라고 하실까?"

이튿날 아침 일찍이 내가 막 옷을 갈아입기 시작했을 때, 문이 열리면서 젊은 장교가 들어왔다. 키가 작고 거무스름한 얼굴은 상당히 못생긴 편이었으나 매우 활달해 보였다.

"실례합니다."

그는 내게 프랑스어(語)로 말을 걸어 왔다.

"격식을 떠나서 가까이 뵈러 왔습니다. 어제 당신이 도착한 것을 알았

습니다. 이제야 겨우 인간다운 얼굴을 볼 수 있게 되었구나 생각하니 도
저히 참을 수가 없었습니다. 여기서 얼마 동안 생활해 보면, 당신도 이런
기분을 알게 될 겁니다……."

　나는 결투 사건 때문에 근위 연대에서 제적된 그 장교가 바로 이 사내
라는 것을 눈치챘다. 우리는 그때 만났다(처음으로 인사를 나누었다). 슈
바브린은 상당히 머리가 좋았다. 그가 말하는 얘기는 매우 기발하고 재
미있었다. 그는 사령관의 가족에 대한 일이며, 자기 친구에 관한 일, 그리
고 운명이 나를 이끄는 대로 찾아온, 이 고장에 관한 일을 매우 재미있고
우습게 얘기해 주었다. 내가 정신없이 큰 소리로 웃고 있을 때 사령관 집
의 대기실에서 제복을 수리하고 있던 그 상이군인이 들어왔다. 바시리사
예고로브나가 나를 점심식사에 초대했던 것이다. 슈바브린도 함께 가겠
다고 나섰다.

　사령관이 있는 집 가까이 오니, 그 앞 광장에 삼각모자를 쓴, 나이가 지
긋한 20여 명의 상이군인들이 낫을 들고 서 있는 것이 보였다. 그들은 차
렷자세로 정렬하고 있었다. 그들 앞에는 사령관이 서 있었는데 건강하고
키가 큰 노인으로서 나이트캡을 쓰고 무명으로 만든 가운을 입고 있었
다. 우리들을 보더니, 가까이 걸어와서 다정스럽게 몇 마디 하고는 다시
지휘를 하기 시작했다. 우리들은 그 자리에 서서 훈련을 구경했다. 그러
나 그는 우리에게 바시리사 예고로브나가 있는 곳으로 먼저 가 있으라고
하면서 자기도 곧 뒤따라 가겠노라고 약속했다. 그리고

　"여기 있어도 당신들이 볼 만한 것은 없어."

　하고 덧붙였다.

　바시리사 예고로브나는 솔직하고 다정한 태도로 우리들을 맞이했고,

내가 마치 백년지기라도 되는 것처럼 대해 주었다. 그 상이군인과 파라시카가 식탁 준비를 하고 있었다 .

"우리 이반 쿠즈미치는 오늘따라 무턱대고 훈련을 하고 있군요!"

하고 사령관 부인은 말했다.

"파라시카, 나으리께 식사하시러 오라고 해라. 그런데 마샤는 어디 갔을까?"

그때, 나이가 18세쯤 되는 소녀가 들어왔다. 발그레한 둥근 얼굴이었고, 그 밝은 블론드의 머리털은 깨끗이 귀 뒤로 빗어 넘겼는데, 그 귀는 타는 듯이 빨갛게 물들어 있었다. 처음 그녀를 보았을 때는 그리 마음에 들지는 않았다. 나는 그녀를 어떤 선입견을 가지고 보고 있었던 것이다. 슈바브린이 대위의 딸 마샤는 진짜 바보라고 나에게 얘기를 들려 주었기 때문이다. 마리아 이바노브나는 구석에 앉아서 바느질을 하기 시작했다. 그 동안에 양배추 수프가 나왔다.

바시리사 예고로브나는 남편이 오지 않아 다시 한번 파라시카를 부르러 보냈다.

"나으리께 말씀드리세요. 손님은 기다리고 있고, 양배추 수프는 식어 버린다고요. 고맙게도 교련은 도망가는게 아닌데 말이에요. 앞으로도 얼마든지 다시 할 수 있는데."

대위는 잠시 후 애꾸눈의 노인을 데리고 나타났다.

"어떻게 된 거예요, 당신?"

"식사는 벌써 나와 있는데, 불러도 오지 않으니 말이에요."

"하지만 내 말 좀 들어 봐, 바시리사 예고로브나."

하고 이반 쿠즈미치는 대답했다.

"나는 근무중이었어. 내 병사들을 훈련시키고 있었다고."

"이제 그만하세요!"

하고 대위 부인이 핀잔을 주었다.

"병사들을 훈련시킨다는 건 쓸모없어요. 그들은 근무는 배우지도 못하고, 당신만 하더라도 근무가 무엇인지도 잘 모르잖아요. 집에 앉아서 하느님께 기도라도 드리는 편이 나을 거예요. 여러분, 어서 자리에 앉아 주세요."

우리들은 식탁에 자리를 잡았다. 바시리사 예고로브나는 잠시도 쉬지 않고 내게 질문을 퍼부었다 부모님은 어떤 사람인가, 아직 살아 있는가, 어디에 살고 있으며, 재산은 어느 정도인가? 아버지가 3백 명의 농노(農奴)를 소유하고 있다는 말을 듣자 감탄하며 말했다.

"대단하군?"

"정말로 이 세상에는 부자가 있긴 있군요! 우리 집에는 파라시카라는 하녀 한 사람뿐 인데. 하지만 그 덕택으로 그럭저럭 생활은 꾸려 가고 있어요. 다만 한 가지 곤란한 일은, 마샤에 관한 일입니다. 이제 시집을 보낼 나인데도 지참금이 있어야지요. 고운 빗이 하나, 목욕솔―증기욕(蒸氣浴)에서 나왔을 때, 피부를 문지름―이 하나, 거기에다 3코페이카 동전 하나(하느님, 용서하십시오!), 이것 가지고는 목욕 값밖엔 되지 못해요. 운 좋게도 좋은 사람이 나타나면 다행이지만 그렇지도 않으면 저 애는 한평생 처녀로 늙어야 할 거예요."

나는 마리아 이바노브나 쪽을 보았다. 그녀는 완전히 빨개져서 접시 위에 눈물이 뚝뚝 떨어지는 형편이었다. 나는 그녀가 불쌍해져서 급히 화제를 바꿨다.

"제가 들은 바로는."

하고 나는 상당히 엉뚱한 말을 시작했다.

"바쉬키르인(人)이 이 요새를 공격하려고 한다는데."

"누구한테서 그런 말을 들었지?"

하고 이반 쿠즈미치는 물었다.

"오렌부르그에서 그런 말을 하고 있었습니다."

하고 나는 대답했다.

"시시해!"

라고 사령관은 말했다.

"여기선 오랫동안 그런 얘긴 듣지 못했어. 바쉬키르인(人)은 침략을 많이 당한 민족이고 키르기즈인(人)만 하더라도 응징을 해 두었어. 걱정할 것 없네. 우리들에게 덤벼들지 못할 걸세. 습격을 해오면 호되게 위협을 해 주어서 10년쯤은 조용하게 만들어 주겠어."

"그럼 당신은 무섭지 않아요?"

하고 나는 대위 부인을 향해서 이야기를 계속했다.

"이러한 위험 속에 있는 요새에 계셔도."

"습관이 되어 있어 아무렇지도 않아요."

그녀는 대답했다.

"20년 전에 연대로부터 이곳으로 전임되어 왔을 때는, 아아, 정말로 싫었고, 저주스러운 그 이교도들이 얼마나 무서웠는지 몰라요! 산고양이의 가죽모자를 발견한다든지 그들의 높고 날카로운 목소리를 듣게 되면 정말이지 심장이 그대로 멎는 것 같았어요! 하지만 지금은 습관이 되어 나쁜놈들이 요새 주위를 뛰어다니고 있다는 보고를 해 와도, 한 발자국도

움직일 생각이 없어요.”

“바시리사 예고로브나는 용감한 부인입니다.”

하고 슈바브린은 거드름을 피우면서 한 마디 거들었다.

“그것은 이반 쿠즈미치가 증명할 수 있을 겝니다.”

“그럼 들은 대로네.”

하고 이반 쿠즈미치가 말했다.

“집사람은 겁쟁이 분대(分隊)의 하찮은 놈들하고는 다르지.”

“그렇다면 마리아 이바노브나는 어떻습니까?”

하고 나는 물었다.

“당신처럼 용감합니까?”

“마샤가 용감하냐고요?”

하고 그녀의 어머니는 대답했다.

“아닙니다. 마샤는 겁이 많아요. 지금도 총소리를 들으면 부들부들 떨어 버려요. 2년 전이지만, 내 세례명 축일에 이반 쿠즈미치의 착상으로 여기 있는 대포를 쏘게 했어요. 그랬더니 이 애가 무서워해서 하마터면 저 세상으로 갈 뻔했답니다. 그 다음부터는 대포를 절대로 쏘지 않아요.”

우리들은 식탁에서 일어났다. 대위 부부는 식후의 수면을 취하러 갔다. 나는 슈바브린한테로 가서 그와 저녁 내내 함께 있었다.

제4장 결투

자, 자, 준비는 다 됐겠지. 자세를 취하라.
보라, 네 몸통을 내리칠 테니. -크냐지닌-

몇 주일이 지났다. 벨로고르스크 요새에서의 나의 생활은 내가 견딜 수
있을 정도가 아니라, 오히려 즐거운 것이 되었다. 사령관 집에서는 나를
한집안 식구처럼 대해 주었다. 이 부부는 상당히 존경할 만한 사람들이
었다. 이반 쿠즈미치는 병사의 아들이란 신분에서(알렉산더 2세의 시대
까지는 병사의 아들은 병역의 의무가 있었으나 장교는 절대로 되지 못했
다) 장교로 승격한 사람으로 교육을 받지 못한 단순한 사람이었지만 매
우 성실하고 선량했다. 아내가 그를 완전히 휘어잡고 있었지만, 이런 것
은 그의 낙천적인 기질과 조화를 이루고 있었다. 바시리사 예고로브나는
군무도 집안일과 같다고 간주하고 있었으며 자기 집과 똑같이 요새에 대
한 일도 맡아서 처리하고 있었다. 마리아 이바노브나도 곧 나에 대한 수
줍음을 버렸다.

우리들은 가까워졌다. 나는 그녀가 생각하는 것이 깊고 섬세한 감성을

지닌 아가씨라는 것을 알았다. 모르는 사이에 나는 이 선량한 가족에 대해서 애정을 느끼게 되었고, 그 애꾸눈의 수비대 중위 이반 이그나찌치에게까지 친밀감을 가지게 되었다.

슈바브린은 이 중위에 대해서 없는 말을 꾸며 그가 바시리사 예고로브나와 심상치 않은 관계를 맺고 있다고 했지만, 물론 그 말은 거짓에 불과했고 슈바브린은 그런 일에는 신경조차 쓰지 않았다.

나는 장교로 승진하였다. 근무는 조금도 괴롭지 않았다. 하느님의 가호가 있는 이 요새에는 열병(閱兵)도, 교련도, 초소 근무도 없었다. 사령관은 자기가 마음이 내킬 때, 가끔 부하 병사들을 훈련시키고 있었다. 그러나 아직 병사 전원이 오른쪽이 어디고 왼쪽이 어딘가를 분간하지 못하는 상태였다. 그들의 대부분은 방향을 바꾸기 전에, 틀리지 않도록 자기 가슴에 성호를 긋기도 했는데, 그것도 별로 효과가 없었다. 슈바브린에게는 몇 권의 프랑스어로 된 책이 있었다. 나는 그것을 읽기 시작했다. 그러는 사이에 어느덧 내 마음속에서는 문학에 대한 열정이 눈을 떴다. 아침마다 나는 독서를 하고, 번역 연습도 했으며, 때로는 시를 지어 보기도 했다. 점심은 대개 사령관 집에서 들었고 거기서 일과 외의 나머지 시간을 보내곤 했다. 또 이 집에는 밤이 되면 가끔 게라심 신부가 이 이웃에서 제일 수다쟁이 아내인 아크리나 밤필로브나를 데리고 나타났다.

슈바브린하고는 물론 매일 얼굴을 대하고 있었다. 그러나 날이 갈수록 그의 얘기는 내게 유쾌하지 못한 것이 되어 갔다. 항상 사령관의 가족을 비난이나 공격의 목표로 삼아서 농담을 퍼부었고, 특히 마리아 이바노브나에 대해서 밉살스러운 말을 하는 것이 몹시 마음에 들지 않았다. 요새에는 슈바브린 외에 다른 친구는 없었지만, 나는 다른 친구가 있었으면

하는 생각은 하지 않았다.

바쉬키르 사람들이 요새를 공격할 것이라는 말이 있었는데도 불구하고 그들은 반란을 일으키지 않았다. 우리들의 요새 주변에는 평화가 유지되고 있었다. 그러나 이 평화는 내분에 의해서 깨졌던 것이다.

나는 앞에서도 말한 바와 같이 문학공부에 열을 올리고 있었다. 내 습작은 그 당시로서는 상당한 수준이었으며 알렉산드르 페트로비치 수마로코프로부터 몇 년인가 후에 격찬을 받은 일도 있었다.

어느 날의 일이지만 나는 노래를 한 편 짓는 일에 성공했는데, 스스로 만족할 만한 작품이었다. 알다시피 작가라고 하는 것은 때로는 조언을 듣고 싶어 친절하게 들어 주는 사람을 찾는 법이다. 그래서 나도 자작한 그 노래를 깨끗이 써 가지고 요새 안에서 시인의 작품을 감상할 줄 아는 유일한 사람인 슈바브린에게 가지고 갔다. 몇 마디 서론을 늘어 놓은 후 나는 호주머니에서 노트를 꺼내 다음과 같은 시를 읽어 주었다.

사랑하는 마음을 물리치며
아름다운 너를 잊으려
가련한 마샤를 피하면서
사랑의 굴레에서 벗어나려 하네!

그래도 나를 사로잡는 눈동자, 내 앞에서 떠날 줄 모르며
내 영혼을 메우는 눈동자, 깨뜨리네 나의 평온한 마음을.

나의 괴로운 심정을, 네가 알게 되면

마샤, 너는 나를 가엾게 생각해 줘.

힘겨워하는 나를 바라보며

너의 포로가 된 나를.

"이것을 어떻게 생각해?"

하고 나는 슈바브린에게 물었다. 마땅히 나에게 바쳐질 찬사를 기대하고 있었던 것이다. 그러나 몹시 분한 일이었지만, 평소에는 관대했던 슈바브린이 뜻밖에도 이 시를 좋지 않다고 한 마디로 잘라말했다.

"어째서 그래?"

나는 내 분한 감정을 참으면서 물었다.

"어째서 그런가 하면."

그가 대답했다.

"이런 시는 내 스승인 실바리 키리르이치 트레쟈코프스키의 시풍과 비슷한 것이기 때문이야. 내게 그 선생의 사랑의 노래를 떠올리게 하는군."

그리고는 내게서 노트를 빼앗고는 빈정거리는 투로 나를 비웃으면서 한 줄 한 줄, 한 마디 한 마디를 인정사정 없이 비평하기 시작했다. 나는 더 이상 참을 수가 없어 그의 손에서 노트를 도로 빼앗은 후, 이제 앞으로는 그에게 내 작품을 보여주지 않겠노라고 말했다. 슈바브린은 이런 위협을 일소에 붙였다.

"두고보자구."

하고 그는 말했다.

"자네가 그 말을 지킬 수 있을까. 시인에게는 시를 들어 주는 상대가 필요한 거야. 그것은 마치 이반 쿠즈미치가 식사 전에 보트카의 작은 술병이 필요한 것과 마찬가질 걸세. 그런데 이 마샤란 누구를 말하는 거야? 다정한 정열이라든가, 사랑을 하게 된 불행이라든가, 사모하는 마음을 호소하고 있는 상대는 누구지? 혹시 그 마리아 이바노브나는 아니겠지?'

"자네가 알 바 아닐세."

나는 얼굴을 찡그리면서 대답했다.

"이 마샤가 누구든 간에, 자네의 의견도 자네의 추측도 내겐 필요없어."

"오, 그래! 자존심 강한 시인에다 또 조심성이 많은 연인이군!'

슈바브린은 더욱 더 비위에 거스르는 말을 했다.

"하지만 친구들의 충고는 듣는 편이 좋을 걸세. 잘해 보고 싶거든 노래 따위로 하지 말고 직접 행동을 취해야 된단 말이지."

"그것은 어떤 뜻인가? 듣고 싶은데."

"좋아, 그 뜻은 즉, 만약에 마샤 미로노바가 말이야, 저녁에 자네한테로 발길을 돌리게 하고 싶거든 그런 달콤한 시가 아니고 귀고리 하나라도 선물하라는 것일세."

나는 피가 끓어오르는 것을 느꼈다.

"어째서 자네는 그녀에 대해서 그런 식으로 생각을 하는 건가?'

나는 가까스로 분노를 억누르면서 물었다.

"그것은 말이야."

그는 매우 야비한 비웃음을 띠면서 말했다.

"체험을 통해서 그녀의 기질과 버릇을 알고 있기 때문일세."

"함부로 말을 하지 마라. 이 비열한 놈!'

나는 흥분해서 미친 듯이 소리쳤다.

"엉터리 말을 창피한 줄도 모르고 하는 놈!"

슈바브린의 얼굴색이 변했다.

"이건 가만히 둘 수 없군."

그는 내 손을 꽉 쥐면서 말했다.

"결투를 제의할 테니 수락해."

"좋아, 언제라도!"

나는 오히려 기뻐서 대답했다. 그때 나는 그를 갈기갈기 찢어 버리고 싶은 심정이었기 때문이다.

나는 곧 이반 이그나찌치한테 갔다. 그랬더니 그는 바늘을 손에 쥐고 있었다. 사령관 부인의 부탁으로 겨울에 먹을 버섯을 말리기 위하여 실에 꿰고 있었다.

"아아, 표트르 안드레비치!"

그는 나를 발견하더니 말했다.

"어서 오시오! 어쩐 일이요?"

나는 짤막하게 내가 알렉세이 이바느이치와 다투게 된 경위를 설명하고 이반 이그나찌치에게 결투의 입회인이 되어 줄 것을 부탁했다. 이반 이그나찌치는 하나밖에 없는 눈을 크게 뜨고 노려보면서 귀를 기울여 내 말을 듣고 있었다.

"당신이 말씀하시고 싶은 것은……."

하며 그는 내게 말했다.

"알렉세이 이바느이치를 한칼에 처치하고 싶다. 그래서 내게 그 일에 관해 입회인이 돼 달라는 것이군요? 유감스럽지만 그렇지요?"

"그대로입니다."

"당치도 않은 말씀입니다. 표트르 안드레비치! 어떻게 그런 마음을 갖게 되었습니까? 당신이 알렉세이 이바느이치와 다투었다는 게 그리 대단한 일입니까! 욕을 한다고 죽지는 않습니다. 그쪽에서 당신에게 욕을 하면 이쪽에서도 해 주면 되고 그쪽에서 코를 한 대 때리면, 이쪽에서도 뺨을 두서너 번 갈겨 주면 됩니다. 그리고는 헤어지면 그만입니다. 그러면 우리가 당신들을 화해시켜 주겠습니다. 그렇다고 자기와 친한 사람을 한 칼에 처치해 버린다는 것은 좋은 일일까요? 그것도 당신이 그를 처치해 버리면 좋겠습니다만. 알렉세이 이바느이치여, 잘가라는 것입니다. 나도 그 사내를 좋아하지 않기 때문입니다. 자, 그렇지만 만약에 그가 당신에게 바람구멍을 내주게 되면 그땐 어떻게 됩니까? 어떤 결과가 생기겠습니까? 유감스럽게도 손해를 당하는 것은 누구겠습니까?"

사리가 분명한 중위의 이론도 내 마음을 움직이게 할 수 없었다. 나는 내 결심을 바꾸지 않았다.

"그럼 마음대로 하십시오."

하고 이반 이그나찌치는 말했다.

"생각대로 하십시오. 하지만 어째서 내가 입회인이 되어야 합니까? 뭣 때문입니까? 사람과 사람이 결투를 한다는 것이 무슨 신기한 구경거리라도 됩니까? 덕택으로 나는 스웨덴 전쟁에도 터키 전쟁에도 참전하고 왔기 때문에 그런 것은 모두 싫증이 나도록 보았습니다."

나는 되는 대로 입회인의 역할에 대해서 설명하려 했지만, 이반 이그나찌치는 조금도 나를 이해하지 못했다.

"마음대로 하십시오."

하고 그가 말했다.

"내가 이 사건에서 해야 할 일은 이반 쿠즈미치한테로 가서, 요새 안에 국가적 이익에 역행하는 범죄 행위가 꾸며지고 있다는 것을 직책상 보고할 뿐입니다. 사령관께서는 적당한 조치를 취하는 것이 좋지 않겠습니까?라고 말입니다."

나는 깜짝 놀라 사령관에게는 아무 말도 하지 말아달라고 이반 이그나찌치에게 애원하여 가까스로 그를 설복시켰다. 설복 끝에 그는 약속해줬다. 그리고 나는 그에 대한 일을 단념하기로 했다.

그날 저녁은 평상시와 같이 사령관 집에서 보냈다. 나는 아무 일도 없었던 것처럼 쾌활하고 태연한 것처럼 보이려 했다. 조금이라도 의심받을 틈을 주지 않고, 끈질긴 질문 공세를 피하기 위해서였다. 그러나 솔직히 말해서 나와 똑같은 상황하에 놓여진 사람이라면 누구나 자부할 만한 그 냉철함을 나는 가지고 있지 않았다. 그날 저녁 나는 자꾸만 감상적인 기분이 되었다. 마리아 이바노브나가 평상시보다도 훨씬 근사한 아가씨같이 느껴지는 것이었다. 그녀를 보는 것은 이것이 마지막이 될지도 모른다고 생각하자, 내 눈에는 그녀의 모습이 한층 더 감동적으로 보이는 것이었다.

슈바브린이 거기에 나타났다. 나는 그를 옆으로 데리고 가서 이반 이그나찌치하고 얘기했던 내용을 알려 줬다.

"어째서 우리에게 입회인이 필요하단 말인가?"

하고 그는 내게 퉁명스럽게 말했다.

"그런 것 없이도 할 수 있어."

우리들은 요새 가까이에 있는 건초더미 그늘에서 결투를 하자는 것과 내일 아침 7시 전에 거기서 함께 만나자는 데 합의를 했다. 우리들은 겉

으로는 매우 사이가 좋은 듯이 얘기를 하고 있었기 때문에 이반 이그나
찌치는 기쁜 나머지 무심코 입을 놀리고 말았다.

"훨씬 전부터 그렇게 되었어야 했어."

하고 그는 만족스러운 듯 나에게 말했다.

"나쁜 평화도 착한 다툼보다는 낫고, 거기에다 정직보다도 우선 빈틈
이 없으니까요."

"뭐라고요, 이반 이그나찌치?"

하고 구석에서 트럼프 점을 치고 있던 사령관 부인이 말했다.

"자세히 듣지 못했어요."

이반 이그나찌치는 내 얼굴에 불만의 빛이 있는 것을 보고 약속한 일이
생각나서인지 당황하여 뭐라고 대답을 해야 할지 우물쭈물하고 있었다.
슈바브린이 마침 적당하게 도와 주었다.

"이반 이그나찌치는……"

하고 그는 말했다.

"우리들이 화해한 것을 칭찬해 준 것입니다."

"하지만, 누구하고 다툰 겁니까?"

"나는 표트르 안드레비치하고 심하게 다투었습니다."

"도대체 무엇 때문인가요?"

"대수롭지 않은 일이 원인이었습니다. 시에 대한 것입니다. 바시리사
예고로브나."

"또 적당한 다툼거리를 발견했군요! 시라고요……, 어떤 시길래 싸움
까지 했어요?"

"이렇게 된 것입니다. 표트르 안드레비치가 최근 시를 지었는데, 오늘

내 앞에서 그것을 읽기 시작했습니다. 그래서 나도 내가 좋아하는 시를 읽은 겁니다. 그것은 이런 것입니다…….

대위의 딸이여, 밤길은 걷지 마세요.

그래서 말다툼이 시작된 것입니다. 표트르 안드레비치는 화를 내기 시작했지만, 결국 누구나 자기가 좋아하는 노래를 부를 수 있는 자유는 있는 거라고 생각을 고쳐 먹은 것입니다. 이걸로 일은 타협이 된 거죠."

슈바브린의 뻔뻔스런 태도에 나는 미칠 것만 같았었다. 그러나 나 외에는 누구 한 사람 그의 무례한 비웃음을 알 수 없었다. 적어도 그것을 마음에 두는 사람은 없었던 것이다.

시 얘기에서 화제는 시인에게로 옮겨졌다. 사령관은 시를 만드는 놈이란 모두 몸을 망친 주정뱅이라고 하면서, 시작(詩作)은 군무에 위배되며 대단한 것이 못되는 것이므로 집어치우는 편이 좋다고 진정으로 내게 충고해 주었다. 나는 도저히 슈바브린과 한자리에 앉아 있을 수 없었다. 나는 잠시 후 사령관과 그 가족들에게 작별인사를 했다. 집으로 돌아와 칼을 뽑아서 잘 드는가 아닌가를 시험해 보고는 6시가 지나면 깨워 달라고 사베리치에게 부탁한 후 잠자리에 들었다.

이튿날 약속한 시간에 나는 벌써 건초더미 그늘에 버티고 서서 결투의 상대가 오기를 기다리고 있었다. 머지않아 그도 왔다.

"남에게 발각될지도 몰라."

하고 그는 내게 말했다.

"서둘러 결판을 내자."

우리들은 군복을 벗고 조끼 차림으로 칼을 뽑았다. 마침 그때 건초더미 저편에서 갑자기 이반 이그나찌치가 5명의 상이병을 데리고 모습을 나타냈다. 그는 우리들에게 사령관이 있는 곳으로 동행할 것을 요구했다. 할 수 없이 우리는 그의 말에 따랐다. 병사들이 우리를 둘러쌌다. 이리하여 우리는 이반 이그나찌치의 뒤를 따라 요새로 향했다. 그는 깜짝 놀랄 정도의 장중한 걸음걸이로 의기양양하게 우리를 연행해 갔다. 우리는 사령관 집으로 들어갔다. 이반 이그나찌치는 문을 열고도 역시 거만하게 큰 소리로 보고했다.

"연행해 왔습니다!"

우리를 맞이한 것은 바시리사 예고로브나였다.

"아아, 정말 당신들은! 이게 도대체 무슨 짓들입니까? 어째서? 뭡니까? 이 요새 안에서 살인을 하려 하다니! 이반 쿠즈미치, 즉각 이 사람들을 구속하세요! 표트르 안드레비치! 알렉세이 이바느이치! 이리로 내놓으시오. 내놓아요, 그 칼을 내놓으라니까요. 파라시카, 이 칼을 둘 다 창고 속에 갖다 둬요. 표트르 안드레비치! 당신이 이런 일을 할 줄은 꿈에도 몰랐습니다. 당신은 부끄럽지도 않나요? 알렉세이 이바느이치라면 몰라도. 그 사람은 사람을 죽인 탓으로 근위로부터 쫓겨났고 하느님조차 믿지 않으니까. 그런데 당신까지도 그런가요? 같은 길을 걷고 싶은가요?"

이반 쿠즈미치는 아내의 의견에 모두 찬성이라 이렇게 말했다.

"그렇군, 바시리사 예고로브니의 밀이 옳아. 결투는 군인 복무 규정에 의해서 엄금되어 있어."

그러는 동안에 파라시카가 우리들에게서 칼을 빼앗아 창고로 가져갔다. 우리들은 무의식중에 웃음을 터뜨리고 말았다. 슈바브린은 여전히 거만한 태도를 취하고 있었다.

"부인을 마음으로부터 존경하고 있습니다만."

하고 그는 냉정한 태도로 그녀에게 말했다.

"이것만은 말씀드리지 않을 수 없습니다. 우리들을 부인께서 직접 제재한다는 것은 필요없는 수고라고 생각합니다. 이건 이반 쿠즈미치에게 맡기십시오. 이건 사령관이 하실 일입니다."

"어머나! 이 사람이!"

하고 사령관 부인은 되받았다.

"부부는 일심동체가 아네요? 이반 쿠즈미치! 뭘 그렇게 멍청하게 서 있어요? 지금 곧 이 사람들을 각각 다른 영창에 집어 넣고 빵과 물만을 주세요. 바보 같은 짓을 다시는 생각하지 못하도록 말예요. 그리고 게라심 신부를 모셔다가 속죄를 시켜야 해요. 하느님께 용서를 빌어 모든 사람 앞에서 참회를 해야지요."

이반 쿠즈미치는 어떻게 결정하면 좋을지를 알지 못했다. 마리아 이바노브나는 얼굴이 파랗게 질려 있었다. 차차 폭풍우도 가라앉았다. 사령관 부인도 침착해져서 우리 두 사람에게 서로 입을 맞추도록 시켰다.

파라시카가 우리들에게 다시 칼을 가져다 주었다. 우리들은 일단 화해를 한 것처럼 행동을 하면서 사령관 집을 나왔다. 이반 이그나찌치가 우리들을 배웅하면서 따라왔다.

"정말로 부끄럽지도 않은 모양이군요."

나는 그에게 화를 내면서 말했다.

"사령관에게 우리들의 일을 밀고하다니. 그런 일은 하지 않는다고 약속해 놓고 말이야."

"맹세코 말합니다만, 난 이반 쿠즈미치에게 보고하지 않았습니다."

하고 그는 대답했다.

"바시리사 예고로브나가 모두 냄새를 맡아 버린 것입니다. 그 사람은 사령관에게는 알리지도 않고 모든 것을 직접 지시했어요. 하지만 덕택으로 모든 것이 잘 해결됐군요."

그는 이렇게 말하면서 집으로 돌아갔다. 그래서 슈바브린하고 나만이 남았다.

"우리들의 문제를 이것으로 끝낼 수는 없어."

하고 나는 그에게 말했다.

"물론이야."

슈바브린도 대답했다.

"자네는 자네의 무례한 행동에 대해서 자네의 피로써 내게 보답하지 않으면 안 돼. 그러나 아마 우리들은 감시를 받을 테니까. 며칠 간은 얌전히 있지 않으면 안될 걸세. 자, 그럼 또 만나세!'

이리하여 우리들은 아무 일도 없었던 것처럼 헤어졌다. 사령관 집으로 되돌아오자 나는 언제나처럼 마리아 이바노브나 옆에 앉았다. 이반 쿠즈미치는 집에 없었고 바시리사 예고로브나는 집안일 때문에 분주하게 움직였다. 우리들 두 사람은 작은 소리로 서로 이야기했다. 마리아 이바노브나는 내가 슈바브린하고 다투지나 않았는지 모두가 걱정을 했다고 말하면서 나를 다정하게 나무라는 것이었다.

"난 정말 기절할 뻔했어요."

하고 그녀는 말했다.

"당신들이 결투를 하실 작정이라는 말을 들었을 때 말예요. 남자란 정말로 이상하군요? 일주일만 지나면 잊어버릴 하찮은 말 때문에 결투를 하며, 목숨 뿐만 아니라 양심까지 희생하려고 해요. 또 그……, 남의 행복 까지 희생시키면서 말예요. 하지만 나에겐 싸움의 장본인이 당신이 아니라는 확신이 있어요. 나쁜 것은 알렉세이 이바느이치임에 틀림없어요."

"하지만 어째서 그렇게 생각합니까? 마리아 이바노브나."

"왜냐하면 그것은 말예요……. 그 사람, 몹시 남을 비웃고만 있으니까요! 난 알렉세이 이바느이치가 싫어요. 그 사람을 보면 불쾌하고 역겨워요. 하지만, 이상해요. 어쩐 일인지 그 사람한테 나와 마찬가지로 보기 싫은 아가씨라고 여겨지고 싶지 않으니까요. 그렇게 되면 난 아주 불안해질 거예요."

"그런데 당신은 어떻게 생각합니까? 마리아 이바노브나, 그가 당신을 좋아하고 있다고 생각합니까?"

마리아 이바노브나는 입을 다물고 얼굴을 붉혔다.

"내 생각으로는 좋아하고 있는 걸로 생각해요."

"어째서 그렇게 생각됩니까?"

"그 사람, 내게 결혼을 신청했으니까요."

"신청했다고요! 당신에게 결혼을? 그것이 언젭니까?"

"지난해 일이에요. 그러니까 당신이 오시기 두 달쯤 전에 있었던 일이에요."

"그래서 당신은 거절했습니까?"

"보시다시피 알렉세이 이바느이치는 그야 물론 머리도 좋고 집안도 좋은데다가 재산도 있어요. 하지만 여러 사람이 참석하고 혼례의 관(冠) 아래에서—사제(司祭)가 두 사람의 결혼을 맹세시킬 때 들러리를 선 사람들이 머리 위에 관을 받쳐 줌— 그 사람과 키스를 하지 않으면 안 된다고 생각하면……, 정말 싫어요! 아무리 좋은 일이 있다고 해도 싫은 걸요!'

마리아 이바노브나의 말은 내 눈을 뜨게 해 주었다. 그리고 내게 여러 가지를 깨닫게 했다. 나는 슈바브린이 그녀에게 악의에 찬 욕을 하고 있는 이유를 이해했다. 아마 우리들이 서로 호의를 가지고 있는 것을 눈치 채고 두 사람 사이를 떼어 놓으려는 책동이었으리라. 우리들이 싸운 원인이 된 그 말만 해도 조잡하고 몹시 예의에 벗어난 편잔이라고 생각했는데 그것이 계획적인 중상모략이었다는 것을 알게 되자 한층 더 추악한 것으로 여겨졌다. 이 뻔뻔스런 독설가를 응징해 주겠다는 생각이 내마음 속에서 점점 강해져 나는 목을 길게 빼고 적당한 기회를 기다렸다. 그 기회는 곧 찾아왔다. 다음날 책상에 앉아 애가(哀歌)를 지으면서 운(韻)이 떠오르기를 기다리며 펜을 입에 물고 있으려니, 슈바브린이 내 창문을 두드렸다. 나는 펜을 놓고 칼을 뽑아 그가 있는 쪽으로 나갔다.

"미룰 필요는 없어."

하고 슈바브린은 말했다.

"우리들은 아무런 감시도 받고 있지 않아. 강으로 가자. 거기라면 아무에게도 방해를 받지 않을 걸세."

우리들은 아무 말도 하지 않은 채 강으로 갔다. 경사가 진 작은 길을 내려가 강 바로 옆에 멈춰서자 칼을 뽑았다. 슈바브린은 나보다도 검술이 뛰어났으나 체력과 기력은 내 편이 월등했다. 거기에나 옛날에는 병사였던 무슈보프레가 검술을 약간 가르쳐 주었기 때문에 나는 그때의 검술을 사용해 보았던 것이다.

슈바브린은 내가 만만치 않은 적수라고는 생각지 못했던 것 같다. 우리들은 오랜 시간 서로 상처 하나 입히지를 못했다. 마침내 슈바브린이 지친 것을 보자 나는 기운차게 그를 공격하기 시작해서 그를 그 위 강 가장자리까지 밀어붙였다.

그때 느닷없이 누군가 큰 소리로 내 이름을 부르는 것이었다. 뒤돌아보니 사베리치가 경사진 작은 길로 나를 향해서 뛰어오는 것이었다. 그때, 나는 오른쪽 어깨 바로 밑의 가슴을 강하게 찔렸다. 나는 쓰러져 정신을 잃고 말았다.

제5장 사랑

오오, 아가씨, 아가씨여, 아름다운 젊은 몸으로 시집일랑 가지 마소.
물어 봐요 아가씨, 부모나 친척에게
지혜 분별을 키우세요.
지혜 분별, 지참금을. -민요-

나보다 좋은 애를 보면 잊을 테지요, 나를
나보다 못한 애를 보면 생각을 하겠지요, 나를. -민요-

눈을 뜬 후에도 잠시 동안 나는 제정신을 되찾을 수 없어 무슨 일이 일어났는지를 알 수 없었다. 나는 낯선 방의 침대에 누워 있었으며, 몹시 쇠약해져 있다는 것을 느꼈다.

내 앞에 사베리치가 손에 촛불을 들고 서 있었다. 누군가 내 가슴과 어깨를 여러 겹으로 감아 놓은 붕대를 아주 조심스럽게 풀고 있었다. 차츰 내 머리도 분명해졌다. 나는 결투를 한 일을 생각해 냈으며 그래서 부상을 입었다는 것을 알았다. 이때, 문 열리는 소리가 들렸다.

"경과가 어떻습니까?"

하고 속삭이는 소리가 들렸지만, 그 말을 듣고 나는 몸을 떨었다.

"여전히 상태는 마찬가지입니다."

하고 사베리치는 한숨섞인 목소리로 대답했다.

"여전히 의식이 없습니다. 벌써 꼬박 닷새가 되는 데도."

나는 돌아눕고 싶었지만 꼼짝할 수 없었다.

"내가 지금 어디에 있는 거지? 거기에 있는 것은 누구야?"

나는 겨우 말을 이었다. 마리아 이바노브나는 내 침대 가까이 와서 나에게 몸을 굽혔다.

"어떠세요, 기분이?"

하고 그녀는 말했다.

"덕택으로."

나는 매우 약한 목소리로 대답했다.

"당신은 마리아 이바노브나지요? 내게 얘기를……."

나는 얘기를 계속할 힘이 없어 입을 다물고 말았다. 사베리치는 아아, 하고 소리를 질렀다. 그의 얼굴에는 기쁜 빛이 떠올랐다.

"정신이 들었어! 정신이 들었어!"

그는 되풀이해서 말했다.

"하느님, 고맙습니다! 나으리, 표트르 안드레비치! 몹시 놀랐어요! 아주 혼이 났습니다. 꼬박 닷새 동안이니까요!"

마리아 이바노브나가 그의 얘기를 가로막았다.

"너무 많이 말을 시키면 안 돼요, 사베리치."

하고 그녀는 말했다.

"아직 지쳐 있어요."

그녀는 밖으로 나가더니 살며시 문을 닫았다. 내 마음은 울렁거렸다. 그렇다면 난 사령관 집에 있었던 것이다. 마리아 이바노브나가 몇 번이고 간호를 하러 왔던 것이다. 나는 사베리치에게 몇 가지 물어 보고 싶었지만 노인은 머리를 가로 저으며 귀를 막아 버렸다. 아쉬움이 있긴 했으나 나는 눈을 감았다. 그리고 잠시 후에 잠이 들었다.

눈을 떠서 사베리치를 부르자, 그 대신 내 눈앞에 나타난 것은 마리아 이바노브나였다. 그녀는 천사 같은 목소리로 '밤새 안녕하세요' 하고 말했다. 그 순간 나를 사로잡은 감미로운 감정이란 말로 다 표현할 수는 없었다. 나는 그녀의 손을 잡고 감동의 눈물을 흘리면서 그 손을 꼭 끌어안았다. 마샤는 그 손을 빼려고도 하지 않았다…….

그러자 느닷없이 그녀의 입술이 내 볼에 닿았다. 나는 그 뜨겁고 성성한 키스를 느꼈다. 뜨거운 불꽃이 내 몸을 달아오르게 했다.

"매우 아름답고 다정한 마리아 이바노브나."

나는 그녀에게 말했다.

"제 아내가 되어 주십시오. 나를 행복하게 해 주겠다고 약속해 주오."

그녀는 정신을 가다듬었다.

"제발 부탁이니 침착해 주세요."

하고 그녀는 손을 빼면서 말했다.

"당신은 아직 안심할 수 없어요. 상처 입은 자리가 벌어질지도 몰라요. 저를 위해서라도 조심해 주세요".

말을 마친 그녀는 나를 환희 속에 취하게 해 놓은 채 나가 버렸다. 행복감이 나를 소생시켜 주었다. 그녀는 내 것이 되는 것이다! 그녀는 나를 사랑하고 있어! 이러한 생각이 나의 모든 존재를 충만시키고 말았다.

그 이후로 나는 날이 갈수록 빠른 속도로 건강을 회복하였다. 내 치료를 담당한 사람은 연대에 배속되어 있는 이발사였다. 왜냐하면 이 요새에는 달리 의사가 없기 때문이지만 고맙게도 똑똑한 체하지는 않았다. 젊음과 자연의 힘이 나의 회복을 빠르게 해 주었다. 사령관의 전가족이 나를 간호해 주었다. 특히 마리아 이바노브나는 내 옆을 떠나지 않았다. 물론 나는 적당한 기회를 타서 전에 하다가 만 고백을 다시 시작했고, 마리아 이바노브나는 전보다 한층 참을성 있게 끝까지 들어 주었다.

그녀는 조금도 거만한 태도를 취하지 않고, 마음으로부터 사랑한다고 내게 털어놓았으며, 물론 그녀의 양친도 그녀의 행복을 기뻐해 줄 거라고 말했다.

"하지만 잘 생각해 보세요."

하고 그녀는 덧붙여서 말했다.

"당신의 부모님께서 반대하시진 않을지 생각해 보세요."

나는 생각에 잠겼다. 나는 어머니의 다정한 마음은 의심하지 않았지만, 아버지의 성격과 사고방식을 알고 있기 때문에 내 사랑에 그리 마음을 움직이지 않으시고, 젊은이의 철없는 장난 따위로 간주하리라는 느낌이 들었다. 나는 이런 점을 솔직히 마리아 이바노브나에게 털어놨는데, 하여튼 될 수 있는 대로 그럴듯한 편지를 써서 아버지께서 축복을 내려 주시도록 빌겠다고 결심했다. 나는 그 편지를 마리아 이바노브나에게 보여주었다. 그녀는 이만큼 남을 납득시키고 감동시키는 힘을 가진 편지라면 잘되어 갈 것이 틀림없다고 생각했다. 그녀는 젊음과 사랑에 흔히 따라다니는 쉽게 믿어 버리는 태도로 그녀의 착한 마음에 떠오르는 여러 가지 감정에 몸을 완전히 맡겨 버리고 있었다.

슈바브린하고는 몸이 회복기로 돌아서자마자 화해를 했다. 이반 쿠즈미치는 결투를 한 일에 대해서 꾸짖으며 내게 이렇게 말했다.

"이봐, 표트르 안드레비치! 나는 자네를 영창에 집어 넣지 않으면 안 될 뻔했는데, 자네는 이미 벌을 받았기 때문에 그럴 필요가 없었지! 알렉세이 이바느이치는 우리 집 곡물 창고에 감시병을 배치해서 처넣었고, 칼은 바시리사 예고로브나가 자물쇠를 채워서 보관해 두었어. 그 사내한테는 깊이 반성을 시켜 후회하도록 만들어 줄 테야."

마음에 적의를 품기에는 나는 몹시 행복했다. 나는 슈바브린을 용서해 달라고 간청했다. 그러자 선량한 사령관은 아내의 동의를 얻어 그를 석방하기로 결정했다. 슈바브린은 나를 찾아와서 우리들 사이에 일어났던 일에 깊은 유감의 뜻을 표시했다. 그는 모두 자기가 나빴었다고 사과를 한 다음, 지나간 일은 잊어달라고 부탁했다. 본래가 나는 집념이 강한 성격이 아니었으므로 우리들이 싸웠던 일도 그에게서 받은 상처에 관한 일도 진심으로 용서해 주었다. 그가 중상했던 일도 상처받은 자존심과 실연 때문이라고 보고 있었으므로 관대하게 이 불쌍한 연적을 용서해 주었던 것이다.

얼마 후에 나는 완쾌해서 내 숙소로 돌아올 수 있었다. 목을 길게 빼고 나는 편지의 답장을 기다리고 있었다. 희망을 가질 수도 없고 해서 슬픈 예감을 억지로 누르면서 기다리고 있었다. 바시리사 예고로브나한테나 그 남편한테 아직 털어 놓지는 않았지만, 내가 정식으로 청혼을 해도 두 사람 다 깜짝 놀랄 리는 없었다. 나도 마리아 이바노브나도 우리들의 감정을 이 두 사람에게는 감추려고 하지 않았으므로 두 사람이 승낙해 주리라는 것을 믿어 의심치 않았다.

드디어 어느 날 아침, 사베리치가 편지를 손에 쥐고 내 방으로 들어왔다. 나는 몸을 떨면서 그 편지를 받아 보았다. 아버지가 쓴 것이었다. 뭔가 심상찮은 일이 있음을 편지는 나에게 암시해 주었다. 왜냐하면 그건 평상시 나한테 편지를 쓰는 것은 어머니였고, 아버지는 편지 끝에 몇 줄

인가 덧붙여서 쓸 뿐이었기 때문이었다.

　나는 오랫동안 봉투를 뜯지 못하고 '오렌부르그 현(縣) 벨로고르스크 요새, 내 아들 표트르 안드레비치 그리뇨프 앞'이라고 겉봉투에다 장중하게 쓴 것을 거듭 읽고 있었다. 나는 그 필적에서 어떤 기분으로 아버지가 편지를 썼는가를 추측하려고 노력했다. 결국 나는 결심을 하고 편지를 뜯었다. 그리고 처음 몇 줄을 읽는 것만으로 모든 것이 허사가 돼 버렸다는 것을 알았다. 편지의 내용은 다음과 같은 것이었다.

　내 아들 표트르야! 미로노프의 딸 마리아 미로노바와의 결혼에 대해서 우리들 부모의 축복과 동의를 구하고 있는 너의 편지를 이 달 15일에 받았다. 하지만 나는 너에게 축복도 동의도 해 줄 마음은 없다. 그건 고사하고 너를 벌해 줄까 생각하고 있다. 너는 장교인지 모르지만, 장난꾸러기 철부지에게 해 주듯이 너의 장난을 단단히 혼내줄 작정이다. 왜냐하면 넌 아직 칼을 찰 자격이 없는 인간이라는 것을 스스로 증명했기 때문이다. 칼은 조국을 위해서 주어진 것이지, 너와 똑같은 불량배를 상대로 결투하기 위해서가 아니다. 즉시 안드레 칼로비치에게 편지를 보내 너를 벨로고르스크 요새보다도 훨씬 멀리 떨어진, 너의 바보같은 짓이 고쳐질 만한 곳으로 옮겨 달라고 부탁하겠다.
어머니는 네가 결투를 해서 상처를 입었다는 것을 알고는 슬픔을 이기지 못하고 지금 자리에 누워 있다. 너는 어떤 인간이 될 것인가? 하느님의 크신 자비심을 바라지는 않으나 너의 품행이 고쳐지도록 하느님께 기도할 뿐이다.
　　　　　　　　　　　　　　　　　　　　너의 아버지 A. G.

　이 아버지의 편지를 읽고는 여러 가지 착잡한 감정이 솟았다. 아버지가 사정없이 사용한 지독한 표현에 나는 몹시 큰 상처를 입었다. 아버지가 마리아 이바노브나의 이름을 부르는 데 경멸하는 듯한 어투인 것은 예의에서 벗어난 옳지 못한 행동이라고 생각되었다. 벨로고르스크 요새에서 다른 곳으로 옮겨진다고 생각하자, 나는 오싹 소름이 끼쳤지만 무엇보다도 마음 아픈 것은 어머니가 병환이 나셨다는 소식이었다. 나의 결투 사건을 사베리치가 부모에게 알렸다고 믿어 의심하지 않았던 나는 사베리치에게 화를 냈다. 나는 좁은 방안을 왔다갔다 하다가 그의 앞에 버티고 서서 노려보면서 말했다.

"나는 너 때문에 다쳐서 꼬박 한 달 동안이나 생사의 경계선을 헤맸는데, 너는 아직도 부족해서 다시 어머니까지 돌아가시게 할 작정이구나."

사베리치는 벼락이라도 맞은 듯한 충격을 받았다.

"천만의 말씀입니다, 나으리."

그는 거의 울상이 되어 말했다.

"무슨 말씀을 하고 계십니까? 제 탓으로 다치셨다고요! 하느님께서도 보셨지만 저는 이 가슴으로 알렉세이 이바느이치의 칼에서 당신을 지키려고 뛰어간 것입니다! 늙은 게 죄라서 허사가 되었지만. 하지만 도대체 어머께 내가 무엇을 어떻게 했다는 것입니까?"

"뭣을 했느냐고?"

나는 대답했다.

"누가 내 일에 대해서 일러바치라고 부탁했어? 너는 내게 스파이 역할로 따라왔느냐?"

"제가? 일러바쳤다고요?"

사베리치는 눈물을 흘리면서 대답했다.

"아아, 하느님! 그러시다면 큰 나으리께서 제게 보낸 편지를 보십시오. 내가 당신 일을 일러바쳤는지 아닌지 알게 될 것입니다."

이렇게 말하면서 그는 호주머니에서 한 통의 편지를 꺼냈다. 내가 읽은 편지는 다음과 같은 것이었다.

수치를 알라, 이 늙은 개야. 내가 그리도 엄하게 명령했는데도 불구하고, 내 아들 표트르 안드레비치의 일을 보고하지 않았으며, 다른 사람이 더 이상 보고만 있을 수 없어 아들의 나쁜 행동을 알려 주었어. 그래도 너는 자기의 임무를 다 하고, 주인의 명령을 지키고 있다고 할 참인가? 이 늙은 개야! 사실을 숨기고 젊은 사람을 엄하게 하지 않고 버릇 없음을 묵인해 준 벌로 너에게 돼지 우리를 지키게 할 테다. 이 편지를 받아 보는 대로, 남의 편지에 의하면 회복되었다고 하는데 즉각 내 아들의 현재 상태가 어떤지를 알려라. 부상한 곳이 어디고 치료는 완전한가 하는 것도 알려라.

사베리치 말이 옳았으며 내가 그의 말을 신용하지 않고 의심을 품어서 그를 모욕한 것이 분명했다. 나는 그에게 용서해 달라고 빌었지만, 이 노인에게는 위로가 되지 못했다.

"자, 그런데 어떤 결과가 되었습니까?"

그는 되풀이해 말하는 것이었다.

"오랫동안 모신 주인님한테서 이런 대접을 받다니! 내가 늙은 개고, 돼지 당번이고, 거기에다 당신이 상처를 입게 된 원인이라고요? 아닙니다, 나으리. 표트르 안드레비치! 내가 잘못한 것은 아무것도 없습니다. 모두 그 화가 치미는 무슈의 탓입니다요. 그 놈이 쇠꼬챙이로 찌르기도 하고,

발로 박자를 맞추는 것을 가르쳐 주었기 때문입니다. 마치 찌르든가 제자리걸음을 하고 있으면 나쁜 놈을 막을 수나 있는 것처럼 말입니다요! 그런 무슈를 고용해서 쓸데없는 돈을 쓸 필요가 있었습니까?'

그렇다면 도대체 누가 일부러 내 행동을 아버지에게 알렸을까? 장군일까? 하지만 장군은 나에 대한 일 같은 것은 크게 신경을 쓰고 있었다고는 생각되지 않았으며, 이반 쿠즈미치만 해도 내 결투를 장군에게 보고할 필요를 인정하고 있지 않았다.

나는 여러모로 추측을 해 보았다. 수상한 것은 결국 슈바브린이라고 생각했다. 아버지에게 밀고를 해서 그 결과 내가 요새에서 쫓겨나, 사령관의 가족과 헤어지게 되면 덕을 보는 것은 슈바브린 단 한 사람밖엔 없었기 때문이었다. 나는 마리아 이바노브나에게 모든 것을 털어 놓아야겠다고 생각해서 그녀를 찾아갔다. 그녀는 입구의 층계까지 나를 마중하러 나왔다.

"어찌 된 거예요?"

하고 그녀는 나를 보고 말했다.

"어째서 그렇게 얼굴이 창백하세요!"

"모든 것은 끝났습니다!"

나는 대답하고 아버지의 편지를 그녀에게 건넸다. 이번에는 그녀의 얼굴이 창백해졌다. 읽기를 끝내고 떨리는 손으로 내게 편지를 되돌려 주며, 떨리는 목소리로 말하는 것이었다.

"틀림없이 제 운명이 아닌가 봐요……. 당신의 부모는 제가 당신 집의 가족이 되는 걸 싫어하시는 거예요. 모두 하느님의 뜻이에요. 우리들이 어떻게 하면 되는가, 하느님이 우리들보다 더 잘 알고 계실 테니까요. 할 수 없어요. 표트르 안드레비치, 아무쪼록 당신만이라도 행복을 찾으셔야지요……."

"당신은 나를 사랑하잖아요? 난 무슨 일이든 각오가 돼 있습니다. 갑시다. 당신의 부모님께 허락을 받읍시다. 당신의 부모님은 우리를 축복해 주실 거예요. 그리고 시간이 지나면 우리 아버님의 마음도 달랠 수가 있을 것입니다. 어머니는 우리들 편이 돼 줄 거예요. 아버지도 우리들을 용서해 줄 겁니다."

"아니에요, 표트르 안드레비치."

하고 마샤는 대답했다.

"당신의 부모님의 축복을 받지 않으면 당신과 결혼할 수 없습니다. 부모님의 축복이 없으면 당신도 행복해질 수가 없는 걸요. 하느님의 뜻에 따릅시다. 만일 하느님이 정해 주신 신부를 발견하게 되면, 만일 달리 좋은 분이 생기면……, 표트르 안드레비치, 하느님의 가호가 당신께 있으시기를, 나는 두 분을 위해서."

여기서 그녀는 울음을 터뜨렸고 내곁을 떠나가 버렸다. 나는 그 뒤를 따라 방으로 들어가려 했으나 내 기분을 억제할 수 없었기 때문에 숙소로 돌아왔다.

내가 자리에 앉아서 깊은 명상에 잠기고 있자니, 느닷없이 사베리치가 내 수심을 깨뜨렸다. "자, 나으리님."

그는 온통 빡빡하게 쓴 종이쪽지를 내게 내밀면서 말했다.

"내가 과연 자기 주인을 일러바치는 그런 인간인가 아닌가, 아버지와 아들을 화해시키려 하는가 어떤가, 한번 보십시오."

나는 그의 손에서 종이쪽지를 받아들었다. 그것은 사베리치가 아버지에게 받은 편지의 답장이었다. 그것을 그대로 옮긴다면 다음과 같다.

안드레이 페트로비치 큰 나으리님, 우리의 자비로우신 아버지!
자비로우신 편지 잘 받아 보았습니다. 주인의 명령을 지키지 않아 부끄럽지 않느냐 하셨고, 당신의 노예인 저 때문에 몹시 분노하신 것 같사옵니다. 그러나 저는 늙은 개가 아니며 주인님의 명령을 잘 지켰으며 이렇게 백발이 될 때까지 살아 오면서 항상 마음으로부터 당신을 섬겨 왔습니다. 표트르 안드레비치가 부상을 당한 일에 대하여 제가 아무것도 당신께 보고하지 않았던 것은, 쓸데없이 놀라게 해드리고 싶지 않기 때문입니다. 듣자 하오니 마님, 아브도챠 바시리에브나께서는 너무나 놀라시어 자리에 눕게 되었다 하시는데 하루바삐 쾌유 되옵기를 간절히 하느님께 비는 바입니다.
표트르 안드레비치는, 오른쪽 어깨 밑의 뼈 바로 아래 가슴에 상처를 입었으며 깊이는 1뻴 쇼크 반(半)─약 6, 7센티─, 제가 강가에서 사령관댁으로 운반하여 거기서 자리에 눕혔습니다. 치료는 이곳의 이발사 스테판 파라모노프가 담당했습니다. 고맙게도 표트르 안드레비치는 이미 회복이 되셨으며 기쁜 일 외에는 아무것도 보고할 일이 없습니다. 사령관도 만족하고 있다고 전해 들었습니다. 바시리사 예고로브나는 자기 아들처럼 대하고 있습니다. 그와 같은 뜻밖의 일이 도련님께 발생했습니다마는 젊은 분을 책망할 정도는 못된다고 생각하옵니다……. 말은 네 발 가지고도 걸려서 넘어진다고 하옵니다. 또 저를 돼지 당번으로 추방하겠다는 말씀이온데 그것은 나으리께서 마음대로 하시옵소서. 이만 실례하옵니다.　　　　　　　　　─ 당신의 충실한 하인 알피브 사베리치

이 선량한 노인의 읽기 힘든 편지를 읽으면서 나는 몇 번이고 웃음을

금치 못했다. 아버지에게 답장을 쓰는 일은 내겐 힘에 겨웠다. 그러나 아버지를 안심시키는 데는 이 사베리치의 편지로 충분하다고 생각되었다.

이때부터 나의 사정은 일변했다. 마리아 이바노브나는 거의 나와 말을 하지 않았으며 애써 나를 피하려고 하는 것이었다. 나는 사령관의 집이 싫어졌다. 차츰 나는 내 숙소에 홀로 있는 때가 많아졌다. 바시리사 예고로브나는 처음에는 그런 나를 나무랬지만 내 고집을 간파하자 나를 가만히 놔두었다. 이반 쿠즈미치하고는 근무상 필요할 때만 만났다. 슈바브린하고는 가끔, 그것도 단지 업무로 만날 뿐이었다. 그의 내부에 나에 대한 숨겨진 적의가 있는 것을 간파했기 때문에 나의 의심이 확인됨에 따라 점점 싫어졌던 것이다.

나의 생활은 무척이나 힘들었다. 나는 어두운 수심에 빠져 버려, 고독과 무료함이 그것을 더욱 증가시키는 것이었다. 나의 사랑은 이 고독 속에서 맹렬하게 타올라 시시각각으로 나에게 무거운 짐이 돼 갔다. 나는 독서와 문학에 대한 열의를 잃어버리고 말았다. 나는 기력을 잃어버리고 말았던 것이다. 나는 내가 미쳐 버리든가 방탕의 구렁텅이에 굴러 떨어지는 것은 아닌가고 스스로 두려워할 정도였다.

여기서 뜻하지 않은 사건이 발생하여 갑자기 나의 마음에 강력하고 더구나 아름다운 충격을 주었다. 이 사건은 나의 인생에 중대한 영향을 미치게 되었던 것이다.

제6장 푸가초프의 반란

들어 주게나 젊은이들,
우리들 늙은이의 옛 이야기를.
-가요-

　내가 직접 겪은 그 기괴한 사건을 말하기 전에, 1773년의 오렌부르그 현(縣)이 어떤 상태에 처해 있는가에 대해서 한 마디 말해 놓지 않으면 안 되겠다.

　이 광대하고 풍요한 현에는 많은 미개한 민족이 살고 있었는데, 최근에 와서야 겨우 러시아 황제의 주권을 승인하게 되었다. 그들은 끊임없이 반란을 일으켰으며 법률과 국민으로서의 생활이 습관화되지 않았고 사려심이 결핍되어 잔인했으므로 정부로서는 그들을 계속 복종시키기 위해 끊임없이 감시할 필요가 있었다. 적당하다고 인정된 곳에 몇 개의 요새가 구축되었으며, 그 옛날 야이크 하반(河畔)을 영유하고 있었던 카자흐가 그 요새에 살고 있는 주민의 대부분을 차지했다.

　그러나 이 지방의 치안을 담당할 의무를 지고 있던 이들 야이크 카자흐는 언제부터인가 정부에 대해서 불온하고 위험한 백성으로 돌변하고 있었다. 1772년에 그들의 수도(야이쓰키 고로도크—야이크의 소도시—라는 뜻)에서 반란이 일어났다. 트라우벤베르그 소장(少將)이 예하 군대를 복종의 의무에 따르게 하려고 엄격한 수단을 취한 것이 그 원인이 되었다. 그 결과 트라우벤베르그가 학살되고 군사령부는 제멋대로 변경되었으며 최후에는 산탄을 퍼붓고 잔혹하게 처형함으로써 폭동이 진압되었다.

이것이 내가 벨로고르스크 요새에 도착하기 조금 전에 일어났던 일이다. 그후 모든 것은 평정되었으며 혹은 평정된 것처럼 보였다. 당국은 교활한 반란자들의 거짓 회개(悔改)를 너무나도 경솔하게 믿었던 것이다. 그들은 남몰래 원한을 품고 있으면서 새로이 폭동을 일으키려고 기회가 오기를 기다리고 있었다. 여기서 내 이야기로 되돌아가기로 하자.

어느 날 밤(그것은 1773년의 10월 초였다), 나는 혼자 숙소에 앉아 가을 바람이 불어대는 소리에 귀를 기울이고 눈앞을 살짝 스치고 지나가는 비구름을 창에서 바라보고 있었다. 그때 사령관이 나를 부른다는 기별이 왔다. 나는 즉시 거기로 갔다. 사령관의 집에는 슈바브린과 이반 이그나찌치와 카자흐의 하사관이 있었다. 방안에는 바시리사 예고로브나도 마리아 이바노브나도 없었다. 사령관은 근심스런 표정으로 나를 맞이했다. 사령관은 문에 자물쇠를 걸고 입구에 서 있던 하사관을 제외한 전원을 앉게 하고 호주머니에서 한 장의 서류를 끄집어 내어 우리들에게 말했다.

"장교 여러분, 중대한 통지야! 잘 들어 봐, 장군은 이렇게 쓰고 계시다."
그리고는 안경을 쓰고 다음과 같은 글을 읽었다.

벨로고르스크 요새 사령관 미로노프 대위 귀하.

비밀 문서본

귀하에게 통지한다. 감금 중에 탈주한 카자흐로서 분리파(分離派)인 에메리얀 푸가초프가 고(故) 표트르 3세의 이름을 자칭하는 용서할 수 없는 불손한 행위를 자행하며 폭도를 규합해서 야이크의 여러 부락에서 반란을 일으켜, 가는 곳마다 약탈과 살인을 감행하고 이미 몇 군데의 요새를 점령, 파괴했다. 그러므로 귀하는 이 문서를 수령하는 대로 앞에 말한 황제를 칭하는 자, 악당을 격퇴하기 위한 마땅한 대책을 강구해야 할 것이며, 또한 그 자가 귀하가 관리하고 있는 요새를 공격하는 일이 있으면 가능한 한 이를 완전히 분쇄할 방책을 강구하기 바란다.

"적절한 대책을 강구하라, 이거지!"

하고 사령관은 안경을 벗고 서류를 접으면서 말했다.

"좌우간 말은 쉽지. 그 악당놈, 상대하기가 만만치 않을 것 같아. 하지만 우리편은 총 병력이 130명, 별로 기대할 수 없는 카자흐를 제외하고 말이지만. 이것은 모두 너를 문책해서 하는 말은 아니야, 마크시므이치.(카자흐의 하사관은 히죽 웃었다) 그러나 할 수 없어. 장교 여러분! 분명히 해 주기 바란다. 보초를 세우고 야간 순찰도 강화해야 한다. 습격할 때는 문을 잠그고 병사를 밖으로 내보내는 거야. 마크시므이치, 너는 부하인 카자흐를 단단히 단속하고 있어. 대포를 점검하고 청소해 놓아라. 그러나 무엇보다도 만사를 비밀로 해서, 위기의 순간이 닥쳐올 때까지는 요새 안의 누구에게도 알려지지 않도록 하는 거야."

이상과 같은 지시를 하고 이반 쿠즈미치는 우리들을 해산시켰다. 우리들이 조금 전에 들은 일에 대해 의논을 하면서, 나는 슈바브린과 함께 밖으로 나왔다.

"어떻게 생각해? 결과가 어떻게 될까?"

나는 그에게 물었다.

"알 수 없어."

그는 대답했다.

"두고 봐야겠지. 당장에는 아직 대단치는 않은 것 같아. 하지만 만약에……."

여기까지 말하고 그는 생각에 잠기며 기운 없이 프랑스의 노래를 휘파람으로 불기 시작했다.

우리들의 세심한 주의에도 불구하고, 푸가초프 출현에 대한 소문이 요새 안에 퍼지고 말았다. 이반 쿠즈미치는 자기 아내에게 몹시 경의를 표하고 있긴 했으나, 직무상 그에게 맡겨진 비밀은 어떤 일이 있어도 그녀에게 누설하는 일은 없었다. 장군으로부터의 편지를 받자 매우 교묘한 핑계로 바시리사 예고로브나를 밖으로 내쫓고 말았다. 게라심 신부가 오렌부르그에서 뭔가 좋은 소식을 받았는데 신부는 그것을 절대로 비밀로 해두려는 것 같다고 그녀에게 얘기한 것이다. 바시리사 예고로브나는 즉각 신부의 아내에게 방문하고 싶어했다. 그래서 이반 쿠즈미치의 충고에 따라 마샤가 혼자서 쓸쓸하지 않도록 그녀를 데리고 갔다.

이반 쿠즈미치는 집에 남아 즉시 우리들을 불러오도록 연락병을 보냈고 파라시카가 엿듣지 못하도록 그녀를 헛간에다 가두어 버렸다. 바시리사 예고로브나는 신부의 아내로부터 아무것도 듣지를 못하고 집에 돌아와 집을 비운 사이에 이반 쿠즈미치가 회의를 열었으며, 파라시카가 갇혔었다는 것을 알았다.

그녀는 남편에게 속은 것을 알고 차근차근하게 캐물었다. 그런데 이반 쿠즈미치도 공격에 대한 준비를 하고 있었다. 그는 조금도 당황하지 않고 사소한 일까지 알려고 파고들기를 좋아하는 그녀의 물음에 기운차게 대답하였다.

"아, 아무것도 아냐. 마을의 아낙네들이 난로에다 짚을 태웠어. 그러다가 불이라도 일어나면 안 되니까, 아낙네들에게 난로에 태우려면 짚대신 마른 잎이나 떨어진 나뭇가지를 사용하라고 엄중한 명령을 내린 거야."

"그렇다면 어째서 파라시카를 가둬 놓은 거예요?"

하고 사령관 부인은 물었다.

"뭣 때문에 아무 죄도 없는 그 애를 가엾게도 우리들이 돌아올 때까지 헛간 같은 데다 가두었나요?"

이반 쿠즈미치는 이같은 질문에 대해서는 준비가 돼 있지 않았다. 그는 우물쭈물하면서 지독하게 이치에 맞지 않는 말을 웅얼거렸다. 바시리사 예고로브나는 곧바로 남편이 일을 꾸몄다는 것을 알았다.

그러나 그에게서는 아무것도 들을 성싶지가 않아 질문을 그만두고, 아크리나 밤필로브나가 독특한 방법으로 담갔다고 하는 소금에 절인 오이로 화제를 옮겼다. 바시리사 예고로브나는 하룻밤을 꼬박 뜬눈으로 새웠으나 남편의 머릿속에 든 생각이 무엇이며, 그녀가 알아서는 안 되는 일이 무엇인지를 전혀 짐작하지 못했다. 이튿날 아침, 예배를 마치고 돌아오는 길에, 그녀는 이반 이그나찌치가 대포 속에서 장난꾸러기 애들이 밀어 넣었던 헝겊 돌멩이 나무토막 작은 뼈다귀, 그 밖의 쓰레기를 끄집어 내고 있는 것을 보았다.

'무슨 일인지 모르겠어. 이렇게 싸움 준비를 하고 있는 것은? 키르기즈 인(人)의 습격이라도 대비하고 있는지 몰라? 하지만 그런 대단치 않은 일이라면 이반 쿠즈미치가 내게 숨길 리가 없을 텐데?'

하고 사령관 부인은 생각했다.

그녀는 이반 이그나찌치에게 말을 걸었다. 그녀의 여자다운 호기심을 괴롭히고 있는 비밀을 그에게서 캐내야겠다고 단단히 결심하고 있었던 것이다. 바시리사 예고로브나는 집안 일에 대해 몇 가지 주의를 그에게 주었다. 그것은 마치 재판관이 심리를 시작하기에 앞서, 먼저 피고의 경계심을 늦추기 위해 별로 중요하지 않은 문제로부터 시작하는 것 같은 그런 방법이었다. 그리고는 잠깐 침묵을 지키고 있다가 깊은 한숨을 쉬고 고개를 흔들면서 말하는 것이었다.

"아아, 이 무슨 일일까! 무슨 소식일까! 이것으로 일이 어떻게 되는 것일까?"

"무슨 말씀이십니까, 부인!"

하고 이반 이그나찌치는 말했다.

"하느님은 자비로우십니다. 우리들의 병사는 충분하고 화약도 많으며 대포는 내가 청소해 놓았습니다. 푸가초프 따위는 반격을 가해 물리칠 수 있을 것입니다. 하느님이 보살펴 주시는 한 어떻게 잘될 것입니다!"

"그 푸가초프란 도대체 어떤 사람입니까?"

하고 사령관 부인은 물었다.

여기서 이반 이그나찌치는 쓸데없는 소리를 했구나 싶어 갑자기 입을 다물었지만 이미 때는 늦었다. 바시리사 예고로브나는 아무에게도 말하지 않겠노라고 그에게 약속하고는 억지로 모든 것을 고백시켜 버렸던 것이다. 바시리사 예고로브나는 약속한 대로 한 마디도 누구에게 지껄이지 않았다. 단지 신부의 아내에게만은 귀뜸해 주었는데 그것도 그녀의 암소를 아직도 초원에 놔 먹이고 있어, 악당들에게 빼앗길 위험이 있었기 때문이었다.

머지않아 너도나도 푸가초프에 대한 얘기를 하기 시작했다. 소문은 저마다 달랐다. 사령관은 카자흐의 하사관을 파견해서 가까운 이웃 마을과 요새를 샅샅이 탐색하도록 명령했다. 하사관은 이틀 후에 돌아왔는데 그 보고에 의하면, 이 요새로부터 약 백 50리 떨어진 초원에 많은 불이 난 것을 발견했으며 바쉬키르인(人)의 얘기로는 세력을 알 수 없는 병력이 진군해 온다는 것이었다. 그러나 거기서 더 앞으로 나가는 것은 무서웠기 때문에 그는 무엇 하나 신빙성 있는 정보를 탐색해 오질 못했다.

요새 안의 카자흐들 사이에 심상찮은 동요의 빛이 보였다. 그들은 가는 곳마다 조금씩 무리를 이루어 서로 수군거리고 있다가 용기병(龍騎兵)과 수비대의 병사를 발견하면 곧 산산이 흩어져 버리는 것이었다. 그래서 그들에게 스파이가 파견되었다.

유라이라고 하는 그리스도교로 개종한 칼뮈크인(人)이 사령관에게 중대한 사실을 보고했다. 유라이의 보고에 의하면, 그 하사관의 신고는 거짓이라는 것이다. 그 교활한 카자흐는 돌아오자마자 자기 패들에게 자기는 폭도들이 있는 곳에 가서 직접 그 수령을 배알하고, 수령은 자기 수하로 들어오는 것을 허락했으며, 오랫동안 그와 얘기를 주고 받았다고 큰 소리쳤다는 것이었다. 사령관은 즉각 하사관을 감금했고 유라이를 그 지위에 임명했다. 이 소식에 대해서 카자흐들은 노골적으로 불만의 빛을

나타냈다. 그들은 큰 소리로 불평을 했으며, 사령관의 명령을 집행하는 이반 이그나찌치는 자기 귀로 그들이,

"두고 보자, 수비대의 쥐새끼놈들!"

이라고 말하는 것을 듣고 왔다. 그날도 사령관은 감금해 놓은 죄수를 심문하려고 생각했다. 그러나 하사관은 탈주하고 없었다. 아마 그 일당들이 그를 도왔으리라.

새로운 상황이 사령관을 더욱 불안하게 했다. 선동 삐라를 소지한 바쉬 키르인(人)이 체포되었던 것이다. 이 기회에 사령관은 다시 부하 장교들을 소집하기로 하고, 그러기 위해서 분명한 구실을 만들어 다시 바시리사 예고로브나를 멀리하려고 했다. 그러나 이반 쿠즈미치는 극히 성실하고 순진한 사람이었기 때문에 이미 한 번 사용한 그 방법 외에는 다른 대책을 생각해 내지 못했던 것이다.

"이봐요, 바시리사 예고로브나."

하고 그는 헛기침을 하면서 그녀에게 말했다.

"누가 얘기하는 걸 들었는데 게라심 신부는 거리에서 편지를……."

"거짓말은 이제 그만해요. 이반 쿠즈미치님."

하고 사령관 부인은 가로막았다.

"당신, 틀림없이 회의를 열어 내가 없는 곳에서 에메리얀 푸가초프의 일을 상의할 작정이지요. 다시 그렇게 속아 넘어 가지는 않아요!"

이반 쿠즈미치는 눈을 부릅떴다.

"그렇다면, 여보!"

하고 그는 말했다.

"당신이 이미 모든 것을 알고 있다면 여기 있어도 좋아요. 당신이 있는

곳에서 의논하기로 하지."

"그렇게 해야지요, 영감."

하고 그녀는 대답했다.

"속인다는 건 당신답지 않아요. 어서 장교를 부르러 보내세요."

우리들은 다시 집합했다. 이반 쿠즈미치는 아내가 있는 앞에서 거의 문맹이나 다름없는 카자흐(푸가초프의 측근인 야코프 포치타린)가 푸가초프의 성명(聲明)을 받아 쓴 삐라를 우리들에게 읽어 주었다.

이 적도(賊徒)들은 즉각 우리들의 요새를 습격할 것이라고 선언하고 있었다. 카자흐와 병사에게는 자기 편에 참가하라고 권했으며, 사령관에게는 저항을 포기하라고 했으며, 그렇게 하지 않으면 처형하겠노라 위협하고 있었다. 이 삐라는 조잡하긴 했지만 자신만만한 표현으로 씌어져, 단순한 사람들에겐 위험한 인상을 줄 수 있는 그런 것이었다.

"정말로 사기꾼이군요!"

사령관 부인은 소리쳤다.

"감히 우리들에게 이래라 저래라 하다니! 마중을 나가서 그놈 발 아래다 군기(軍旗)를 놓으라고! 정말로 개 같은 놈! 우리들이 40년이나 군대에 근무하면서 볼 것 안 볼 것 다 봤지만 역적의 말을 들어 주는 사령관도 있었던가요?"

"그야, 있을 턱이 없지."

하고 이반 쿠즈미치는 대답했다.

"하지만 악당들은 많은 요새를 점령했다는 거야."

"어쩐지 실제로 상대하기에는 벅찬 놈 같습니다."

하고 슈바브린이 의견을 말했다.

"하지만 곧 놈의 진짜 힘을 알게 돼."

하고 사령관은 말했다.

"바시리사 예고로브나, 헛간 열쇠를 주시오. 이반 이그나찌치, 그 바쉬
키르인(人)을 데리고 와. 그리고 유라이에게 말채찍을 가지고 오도록 말
해 줘."

"잠깐 기다려요, 이반 쿠즈미치."

사령관 부인이 일어나면서 말했다.

"마샤를 다른 곳으로 데려가게 해 줘요. 비명소리라도 들으면 무서워
할 테니까요. 그리고 나도 정직하게 말하면 고문을 좋아하지 않아요. 그
럼 잘 해보세요."

옛날에는 고문이라는 것이 재판 절차의 습관 속에 완전히 뿌리박혀 있
었기 때문에 그것을 폐지하라는 자비심 많은 칙령(1801년 알렉산더 1세
에 의해 공포)은 나왔으나 오랫동안 아무런 효력도 발휘하지 못한 채 그
대로 남아 있었다. 범인의 자백이라는 것이 그 죄상을 완전히 증명하기
위해 필요불가결한 것으로 생각되고 있었던 것이다. 이 사고 방식은 근
거가 없을 뿐만 아니라, 법률의 상식에 어긋나는 것이기도 했다. 왜냐하
면, 피고의 부인의 진술이 피고의 무죄에 대한 증명으로서 인정되지 못
한다고 한다면 마찬가지로 고문에 의한 자백도 피고에 대한 유죄의 증명
으로는 될 수가 없기 때문이다.

오늘날에도 이런 야만적인 관습의 폐지를 아쉬워하는 노(老)재판관을
발견할 수 있다. 하물며 우리들의 시대에는 재판관도 피고도 고문의 필
요성을 누구 한 사람 의심하는 자가 없었던 것이다. 그런 형편이었으므
로 사령관의 명령을 듣고도 우리들은 한 사람도 놀라지 않았고 떠들지도

않았다. 이반 이그나찌치는 사령관 부인이 가지고 온 열쇠를 가지고 헛간에 갇혀 있는 바쉬키르인(人)을 끌어 내기 위해 갔다. 그리고 몇 분 후에 죄인은 대기실에 연행돼 왔다. 사령관은 죄인을 자기 앞으로 끌고 오라고 명령했다.

바쉬키르인은 문지방을 겨우 넘는 것이었다(족쇄를 채워 놓았기 때문에). 그리고 높다란 모자를 벗어 들고는 입구 쪽에서 멈춰섰다. 나는 그를 보자 몸이 오싹해짐을 느꼈다. 절대로 나는 이 사내를 잊을 수 없을 것이다. 이 사내의 나이는 70세를 넘긴 것 같았다. 코도 없고 귀도 없었다. 머리는 면도로 빡빡 깎여 있었다. 수염 둘레에 하얀 털이 몇 가닥 내밀고 있었다. 키는 작고 여위어서 허리가 구부러져 있었다. 그러나 가느다란 두 눈은 불길이 이는 것처럼 번득이고 있었다.

"아아! 이놈은."

사령관은 1741년에 벌을 받은 폭도의 한 사람이라는 것을 간파하고 말했다(오렌부르그 요새의 창설과 함께 발생했던 바쉬키르인의 대반란을 가리킨다).

"그렇다면 너는 우리들의 올가미에 걸린 일이 있던 늙은 이리로구나. 네 낯이 그렇게 매끄럽게 깎여 있는 것을 보니 반역은 이것이 처음이 아니라는 게 틀림없어. 더 가까이 오라. 누가 너를 우리 요새에 잠입시켰지?"

늙은 바쉬키르인은 입을 봉한 채, 전혀 아무것도 모르는 양 사령관을 바라보고 있었다.

"어째서 잠자코 있느냐?"

하고 이반 쿠즈미치는 말을 이었다.

"그럼 러시아어(語)를 전혀 모른다는 말이냐? 유라이, 이놈에게 네말로 물어 봐. 누가 이놈을 우리들의 요새에 잠입시켰는가를."

유라이는 타타르어(語)로 이반 쿠즈미치의 질문을 되풀이했다. 그러나 바쉬키르인은 같은 표정으로 그를 바라볼 뿐 한 마디의 대답도 하지 않았다.

"두고 보자."

사령관은 타타르어로 말했다.

"네가 말을 하게 해줄 테다. 자, 제군! 이놈의 바보 같은 줄무늬 윗옷을 벗기고 등에다 줄무늬의 가봉(假縫)을 해줘라. 알았지? 유라이, 단단히 하는 거야!"

두 사람의 노병이 바쉬키르인의 옷을 벗기기 시작했다. 가엾은 사내는 얼굴에 불안한 빛을 띠었다. 그는 어린이들에게 붙잡힌 작은 짐승처럼 주위를 두리번거리고 있었다. 노병 한 사람은 그의 두 손을 붙잡아 자기 목에다 걸어 이 노인을 등에다 짊어져 올렸고, 유라이는 말채찍을 휘어 잡아 내리치기 위해서 머리 위로 들어올렸다. 그러자 바쉬키르인은 힘없이 기도하는 듯한 소리로 신음소리를 내며 고개를 위아래로 움직이면서 입을 열었다. 입 안에는 혀가 없었으며 그 대신 짧은 나무토막이 움직이고 있었다.

이러한 일이 내가 살아 있을 때에 일어났던 일이며, 내가 지금도 알렉산더 제왕의 태평성대까지 살아오고 있는 것을 생각할 때, 나는 계몽 개화의 진보와 박애의 원칙적인 보급이 급속히 행하여졌던 일에 대해서 놀라지 않을 수 없다.

젊은이여! 만약 나의 이 수기가 여러분 수중에 들어가는 일이 있으면

최선의, 그리고 또 가장 흔들리지 않는 변혁은 폭력적인 격동 같은 것을 일체 수반하지 않는 풍속, 습관의 개량으로부터 비롯된다는 걸 기억해 두기 바란다.

모두들 깜짝 놀랐다.

"그렇게 됐군."

하고 사령관은 말했다.

"이놈한테서 뭔가 중요한 얘기를 들을 수 없을 것은 확실해. 유라이, 이 바쉬키르인을 헛간으로 도로 데리고 가. 그럼 제군, 여하튼 다시 의논해 보도록 하지."

우리들이 현재의 상황에 대해서 논의를 시작하고 있을 때 느닷없이 바시리사 예고로브나가 숨을 몰아쉬고 심상찮은 표정을 한 채 방으로 들어왔다.

"어떻게 된 거요?"

하고 깜짝 놀라면서 사령관은 물었다.

"당신, 큰일났어요!"

하고 바시리사 예고로브나는 대답했다.

"니즈네오죠르나야 요새(야이크 강을 마주보는 요새로, 오렌부르그에서 약 250리)가 오늘 아침 함락되었답니다. 게라심 신부의 하인이 지금 막 그곳에서 돌아왔는데, 그 사내가 함락된 모습을 보고 왔대요. 사령관과 장교 전원이 교수형에 처해지고, 병사도 전원 포로가 되었대요. 이러다간 당장 악당들이 이곳으로 올 거예요."

뜻밖의 이 소식은 나를 몹시 놀라게 했다. 니즈네오죠르나야 요새의 사령관은 조용하고 소극적인 청년으로 나하고도 잘 아는 사이였다. 2개월

쯤 전에 오렌부르그에서 젊은 부인과 함께 와서 이반 쿠즈미치의 집에서 묵고 간 일이 있었던 것이다. 니즈네오죠르나야 요새는 우리들의 요새로 부터 약 60리쯤 되는 곳에 있었다. 시시각각 우리들은 푸가초프의 습격에 대비하고 있지 않으면 안 되었다. 나에게는 마리아 이바노브나의 운명이 역력히 떠올라 나의 심장은 당장이라도 멎을 것만 같았다.

"제가 한 마디 하겠습니다. 이반 쿠즈미치!"

나는 사령관에게 말했다.

"우리들의 의무는 목숨이 붙어 있는 한 이 요새를 지키는 데 있습니다. 이것은 말할 것도 없습니다만, 부녀자들의 안전은 고려하지 않으면 안 됩니다. 여자들은 만일 길이 아직도 통행이 가능하다면 오렌부르그로 보내드리도록 하십시오. 혹은 악당들의 손이 미치지 못하는 안전한 요새로 보내십시오."

이반 쿠즈미치는 아내 쪽을 향해서 말했다.

"어때, 우리가 폭도들을 쳐부술 동안 당신과 마샤는 조금 떨어진 곳에 있으면 어떨까?"

"그 무슨 바보같이."

사령관 부인은 말했다.

"총알이 날아오지 않는 그런 요새가 어디에 있단 말예요? 벨로고르스크 요새의 어디를 신뢰할 수 없다고 하는 거예요. 하느님 덕택으로 우리들이 이곳에서 산 지가 벌써 22년째입니다. 바쉬키르인이나 키르기즈인도 막아낸 우리가 설마 푸가초프를 못 막아내겠어요?"

"그렇다면, 당신."

이반 쿠즈미치는 되풀이해서 말했다.

"우리들의 요새가 믿고 의지가 된다면 남아 있어도 좋아. 하지만 저 마샤는 어떻게 하면 좋지? 만약에 끝까지 지켜서 지원군이 올 때까지 버틸 수만 있다면 괜찮지만. 하지만 만일 악당들이 요새를 점령하면 어떻게 하지?"

"그렇군요, 그렇게 되면……."

여기서 바시리사 예고로브나는 말이 막혀 우물거리고 몹시 당황한 빛을 보이면서 끝내 말없이 잠잠해져 버렸다.

"안 돼요, 바시리사 예고로브나."

하고 사령관은 자기가 한 말이 생전 처음으로 효력이 있었다는 것을 간파하고 얘기를 계속했다.

"마샤가 여기 남는 것은 좋지 않아. 그 애를 오렌부르그로 보내서 그 애의 대모에게 맡기도록 합시다. 거기라면 군대와 대포도 충분하고 성벽도 돌로 쌓아 올렸으니까. 당신도 그 애하고 함께 가는 것이 좋다고 생각되는데 당신이 늙었다고 해서 안심할 수는 없어요. 갑자기 습격을 받아 요새가 점령되면 어떻게 되겠는가 생각해 봐."

"난 괜찮아요."

하고 사령관 부인은 말했다.

"좋아요, 마샤는 보내기로 합시다. 그렇지만 나한테는 꿈에라도 가라고 하지는 마세요. 나는 가지 않겠어요. 이 나이를 해 가지고 당신과 헤어져 낯선 땅에서 혼자 묻힐 무덤을 찾는다는 것은 싫어요. 살아도 함께 살고, 죽어도 함께 죽겠어요."

"그것도 그렇군."

사령관은 말했다.

"그럼 우물쭈물하고 있을 때가 아냐. 마샤에게 떠날 준비를 시켜요. 내일 날이 밝기 전에 그 애를 출발시키도록 합시다. 여기도 남아도는 사람은 없지만 호위병이라도 한 사람 딸려 보냅시다. 그런데 마샤는 어디 있지?"

"아크리나 밤필로브나한테 가 있어요."

하고 사령관 부인은 대답했다.

"니즈네오쬬르나야 요새가 함락되었다는 말을 듣고 울적한 것 같던데. 병이라도 나지 않았으면 좋겠다고 걱정을 하고 있었습니다만. 아아, 하느님, 어찌 이런 세상이 돼 버렸을까요!"

바시리사 예고로브나는 딸의 여행 준비를 돌봐 주러 나갔다. 사령관 댁에서의 의논은 계속되었다. 그러나 나는 아무 말도 하지 않았으며, 아무것도 듣고 있지 않았다. 마리아 이바노브나가 창백하고 몹시 울어서 눈이 부은 얼굴로 저녁식사를 하는 자리에 나타났다. 우리들은 침묵 속에 식사를 끝낸 후 평상시보다 일찍 식탁에서 일어섰다. 우리들은 가족들에게 인사를 하고 제각기 집으로 돌아갔다. 그러나 나는 일부러 칼을 놓고 나왔다가, 그것을 가지러 되돌아 왔다. 마리아 이바노브나와 단 둘이서 만날 수 있다는 예감이 있었기 때문이다. 그녀는 분명히 나를 입구에서 맞이해 주었고 칼을 건네주었다.

"잘 있어요, 표트르 안드레비치!"

그녀는 눈물을 흘리면서 말했다.

"난, 오렌부르그로 가게 돼요. 부디 몸조심하시고 행복하세요. 하느님의 도움으로 다시 만날 수 있을지도 몰라요. 하지만 만일, 그렇게 되지 못한다면⋯⋯."

이렇게 말을 하면서 그녀는 흐느껴 울기 시작했다. 나는 그녀를 끌어안았다.

"잘 가오, 나의 천사."

나는 말했다.

"안녕, 나의 귀엽고 사랑하는 마샤! 내 몸이 어떻게 되든, 내가 마지막에 생각하고 기도하는 것은 당신에 대한 일이라는 것을 믿어 주오!'

마샤는 내 가슴에 매달려서 울기만 하는 것이었다. 나는 그녀에게 열렬한 키스를 하고 급한 걸음으로 밖으로 나왔다.

제7장 습격

나의 목이여, 귀여운 목이여, 잘도 의무를 수행했던 이 목이여!
의무를 수행해 주었어요, 귀여운 목은, 꼬박 33년 간을
아아, 의무를 수행해 준 끝에 이 목은,
돈도 받지 못하고 기쁜 일도 다정한 말도 없이,
높은 자리에 앉아보지도 못하고,
내게 주어진 것은 높다란 두 개의 7자 기둥,
기둥에 가로질러 댄 단풍나무
그 위에 덤으로 목을 매다는 비단 밧줄. -민요-

그날 밤, 나는 뜬눈으로 새웠으며, 옷도 벗지 않았다. 새벽에 마리아 이
바노브나가 빠져나가기로 돼 있는 요새의 성문까지 가서, 거기서 그녀와
마지막으로 이별을 하려고 생각했던 것이다. 내 마음속에선 만감이 교차
하고 있었다. 내 마음속에서 파도치는 흥분도 최근 내가 빠져 있던 그 우
울한 감정에 비하면 훨씬 견디기 쉬웠다. 이별(離別)의 슬픔은 내 가슴속
에서 막연하지만 달콤한 희망과 위험을 기다리는 초조감과 기품 있는 명
예심이 한 데 뒤섞여 있었다.

밤은 어느 사이에 지나가 버렸다. 내가 막 나가려고 하는데, 방문이 열
렸다. 하사 하나가 내게로 와서 밤 사이에 아군의 카자흐들이 강제로 유
라이를 끌고 요새에서 빠져나간 일, 요새의 주위를 정체를 알 수 없는 자
들이 말을 타고 돌아다니고 있다는 것을 보고했다. 마리아 이바노브나가
탈출하지 못하겠구나 하는 생각에 나는 오싹 소름이 끼쳤다. 나는 하사

에게 급히 몇 가지 지시를 하고 곧 사령관 집으로 직행했다.

이미 날이 밝아 오고 있었다. 길을 날듯이 달려가고 있는데, 나를 부르는 소리가 들렸다. 나는 그 자리에 멈춰섰다.

"어디에 가는 겁니까?"

이반 이그나찌치가 나에게 다가와서 물었다.

"이반 쿠즈미치는 성채(城砦) 위에 계십니다. 그리고 당신을 불러오라고 하셨습니다. 푸가초프가 도착했습니다."

"마리아 이바노브나는 출발했습니까?"

나는 두근거리는 가슴으로 물었다.

"떠날 수가 없습니다."

하고 이반 이그나찌치는 대답했다.

"오렌부르그로 통하는 길은 차단되었고 요새는 포위되었습니다. 곤란하게 됐습니다, 표트르 안드레비치!"

우리들은 성채 위로 갔다. 성채라고 해도 자연적으로 만들어진 고지이며, 울타리로 보강해 놓았을 뿐이다. 거기에는 벌써 요새의 모든 주민이 모여 있었다. 수비대는 총을 쥐고 있었다. 대포는 간밤에 거기로 끌어 내놓았다. 사령관은 몇 명 되지 않는 대열 앞을 돌아다니고 있었다. 눈앞에 닥쳐온 절박한 위험이 이 노(老)군인에게 엄청난 용기를 불어 넣고 있었다. 초원에는 요새에서 그리 멀지 않은 곳에 20명쯤 말을 탄 자들이 이리저리 달리고 있었다. 이 패들은 카자흐 같았지만, 그 중에는 산고양이 모자와 화살 등으로 쉽게 분간할 수 있는 바쉬키르인도 있었다.

사령관은 병사들에게,

"자, 모두 오늘은 여왕 폐하를 위해서 궐기하여 우리가 용기 있고 충성

스런 군인이라는 것을 전 세계에 보여주자!'

라고 말하면서 부하의 대열을 한 바퀴 돌았다. 병사들은 환호성을 지르면서 열의를 표명하는 것이었다.

슈바브린은 내 옆에 서서 꼼짝 않고 적을 응시하고 있었다. 초원을 이리저리 달리고 있던 패들은 요새 안의 동태를 눈치채자 모여서 저희들끼리 서로 의논을 하기 시작했다. 사령관은 이반 이그나찌치에게 명령해서 대포를 적병 위로 조준하게 하고 스스로 화승(火繩)에다 불을 붙였다. 포탄은 소리를 내면서 그들의 머리 위를 스치고 날아갔으나, 아무런 피해도 입히지 못했다. 말을 탄 자들은 사방으로 흩어져 순식간에 시야에서 사라지고 초원에는 사람의 그림자라곤 찾아볼 수 없었다.

거기에 바시리사 예고로브나가 그녀에게서 떨어지지 않으려고 하는 마샤를 데리고 성채 위로 나왔다.

"어떻게 되었어요?"

사령관 부인이 말했다.

"싸움은 어떻게 되었어요? 적은 어디 있지요?"

"적은 바로 저기야."

하고 이반 쿠즈미치가 대답했다.

"걱정마, 잘해 볼 테니. 어때, 마샤. 무서우냐?"

"아녜요, 아버지."

하고 마리아 이바노브나는 대답했다.

"집에 혼자 있는 것이 더 무서워요."

그리고 그녀는 나를 보자 억지로 미소를 지어 보였다. 나는 어젯밤 그녀의 손에서 칼을 받아 쥐던 일을 생각하며 내 사랑하는 사람을 지키려는 기분으로 칼자루를 무의식 중에 꼭 쥐었다. 내 가슴은 뜨겁게 불타고 있었다. 나는 내가 그녀의 기사(騎士)가 된 것 같은 기분이 되었다. 나는 그녀가 신뢰할 수 있는 인간이라는 것을 몹시 보여주고 싶어, 초조해하면서 결정적인 순간을 기다리기 시작했다.

이때, 요새로부터 반 킬로쯤 떨어진 곳에 있는 언덕 뒤에서 새로이 한 무리의 기마병이 나타나, 순식간에 창과 활로 무장한 대병력이 초원을 가득히 메웠다. 그 가운데는 새빨간 긴 옷을 입은 사내가 백마를 타고 빼어든 칼을 손에 쥐고 있었다. 푸가초프, 바로 그 사람이었다.

그가 말을 멈추자 부하가 그 주위를 둘러쌌다. 그리고 그의 명령을 받았는지, 네 사람의 사내가 전속력으로 요새 바로 아래까지 말로 달려왔다. 우리들은 그 패들이 우리들을 배신한 자들이라는 것을 알아차렸다. 그 중에 한 사람은 모자 밑에다 한 장의 종이를 꽂아 가지고 있었다. 다른 한 사람이 창끝에 유라이의 목을 꽂아 놓고 있었는데, 그것을 느닷없이 흔들더니 울타리 너머 우리들을 향해 던졌다. 이 불쌍한 칼뮈크인(人)의 목은 사령관의 발 아래 떨어져 뒹굴었다. 배신자들은 소리를 질렀다.

"쏘지 말아라. 폐하의 어전으로 나와 항복해라. 폐하가 여기에 오셨다!"

"맛을 보여주겠다."

하고 이반 쿠즈미치가 외쳤다.

"사격개시!"

아군의 병사들은 일제 사격을 가했다. 편지를 가지고 있던 카자흐는 비틀거리기 시작하더니 말에서 굴러떨어졌다. 다른 패들은 일제히 뒤로 물러났다.

나는 마리아 이바노브나를 봤다. 피투성이가 된 유라이의 머리를 보자 놀라고, 일제 사격에 귀가 멍멍해져서 그녀는 정신을 잃은 것처럼 보였다. 사령관은 하사를 불러 사살된 카자흐의 손에서 종이쪽지를 가져오도록 명령했다. 하사는 들판으로 나가 죽은 사내의 말 고삐를 끌고 돌아왔다. 그는 사령관에게 편지를 건넸다. 이반 쿠즈미치는 혼자서 그것을 읽더니 갈기갈기 찢어 버렸다. 그러는 동안에도 폭도는 분명히 행동을 개시할 준비를 하고 있었다. 잠시 후에 총알이 우리들의 귓전에서 울리기 시작했고 몇 개의 화살이 우리들 주위의 지면과 울타리에 꽂혔다.

"바시리사 예고로브나!"

하고 사령관은 말했다.

"여긴 여자들이 있을 곳이 못 돼. 마샤를 데리고 가요. 봐요, 이 애는 사색이 다 돼 있어요."

총알이 날아왔기 때문에 여느 때와는 달리 얌전해져 버린 바시리사 예고로브나는 분명히 큰 움직임이 일고 있는 초원을 응시했다. 그리고는 남편에게 몸을 돌리고 말했다.

"이반 쿠즈미치, 죽고 사는 문제는 모두 하느님의 뜻입니다. 마샤를 축복해 주세요. 마샤, 아버지 곁으로 가거라."

마샤는 파랗게 질려 몸을 떨고 있다가 이반 쿠즈미치에게로 가서 꿇어앉아, 아버지를 향하여 땅에 닿을 듯이 머리를 숙였다. 노사령관은 세 번 딸에게 성호를 그었다. 그리고는 그녀를 일으켜 주고 키스를 하자, 보통때와 다른 말투로 말하는 것이었다.

"알겠지 마샤, 항상 행복하게 살아라. 하느님께 기도해요. 하느님은 너를 못 본 체하지는 않아. 좋은 사람이 발견되면, 아무쪼록 하느님이 너에게 애정과 조언을 내려 주시도록. 너도 내가 바시리사 예고로브나와 살아 온 것처럼 사는 거야. 자, 마샤, 잘 가거라. 바시리사 예고로브나, 이 애를 빨리 데리고 가요."(마샤는 아버지 목을 얼싸안고 큰 소리로 울기 시작했다)

"우리도 키스를 합시다."

하고 사령관 부인도 울음을 터뜨리면서 말했다.

"잘 있어요, 이반 쿠즈미치. 지금까지 내가 당신에게 뭔가 마음을 상하게 해 드린 일이 있었으면 용서해 주세요!"

"잘 가오, 잘 가오, 여보!"

하고 사령관은 자기의 늙은 아내를 꼭 끌어 안으면서 말했다.

"자, 이제 그만 가도록 하오, 그래서 만약 시간이 있거든 마샤에게 사라헨(소매가 없는 긴 옷. 당시 시골 부인의 외출복)을 입혀 줘요."

사령관 부인은 딸과 함께 그 자리를 떠났다. 나는 마리아 이바노브나의 뒷모습을 바라보았다. 그녀는 뒤돌아 보고 나에게 고개를 숙여 인사했다.

한편 이반 쿠즈미치는 우리들 쪽으로 다시 몸을 돌렸다. 그리고 그의 관심은 완전히 적이 있는 쪽으로 집중되었다. 폭도들은 수령의 주위로 모여들더니 급히 말에서 내리기 시작했다.

"자, 용감하게 싸워라!"

라고 사령관은 말했다.

"습격해 온다……."

이때 굉장히 높고 날카로운 목소리와 환성이 울려 퍼졌다. 폭도들은 요새를 목표로 돌진해 오는 것이었다. 대포에는 산탄(散彈)이 장전돼 있었다. 사령관은 적을 아주 가까운 거리까지 끌어들인 후 느닷없이 발사했다. 산탄은 적의 집단 한가운데에 떨어졌으며 폭도들은 일제히 좌우로 갈라지더니 후퇴했다.

그들의 수령이 다만 홀로 전방에 머물고 있었다. 그는 칼을 휘두르면서 열심히 그들을 설득하고 있는 것 같았다. 외치는 소리, 높고 날카로운 소리가 잠깐 멈춰 있었으나 금세 다시 세력이 되살아났다.

"자, 모두."

사령관은 말했다.

"문을 열라! 북을 쳐라, 모두! 앞으로 출격하라! 내 뒤를 따르라!"

사령관과 이반 이그나찌치와 나는 순식간에 요새의 성채 밖으로 나갔다. 그러나 겁을 집어먹은 수비대는 움직이려고도 하지 않았다.

"어떻게 된 거야, 왜 모두 서 있어?"

하고 이반 쿠즈미치는 화를 버럭 내면서 소리쳤다.

"죽어야 된다면 죽는 거다. 그것이 충성이야!"

이때, 폭도가 우리를 덮쳐서 요새 안으로 밀쳐 들어갔다. 북소리가 멎었고, 수비병들은 총을 팽개쳤다. 나도 찔려 넘어질 뻔했으나, 몸을 일으키자 폭도들에 섞여져 요새 안으로 들어갔다.

머리에 부상을 입은 사령관은 악당들에게 둘러싸여 요새의 열쇠를 내놓으라는 요구를 받고 있었다(항복의 요구). 나는 그를 돕기 위해 달려들었다. 그러나 몸이 건장한 카자흐 몇 사람이 나를 붙잡았다.

"폐하에게 복종하지 않는 놈은 어떻게 되는가 보여주지!"

라고 말하면서 나를 가죽 허리띠로 묶어 버리고 말았다. 우리들은 거리를 이리저리 끌려나녔다.

주민들은 제각기 빵과 소금(남을 환영하는 상징. 이 경우, 공손의 뜻)을 들고 집에서 밖으로 나왔다. 종소리가 울려 퍼졌다. 갑자기 군중 속에서 외치는 소리가 나고 황제 폐하가 광장에서 포로를 기다려 충성의 선서를 받고 계시다는 소식을 알렸다. 사람들은 일제히 광장으로 몰려갔다. 우리들도 역시 거기로 끌려갔다.

푸가초프는 사령관 집 입구의 계단 위에서 팔걸이 의자에 앉아 있었다. 그는 금실로 가장자리를 장식한 새빨간 카자흐식의 긴 옷을 걸치고 있었다. 금술이 달린 높다란 검은 담비의 모피로 만든 모자가 번득이는 빛나는 눈 위에 씌워져 있었다. 그의 얼굴을 어디선가 본 기억이 있는 것 같았다. 카자흐의 근위상사들이 그를 둘러싸고 있었다.

게라심 신부는 파랗게 질려 몸을 떨면서 손에 십자가를 쥐고 계단에 서 있었는데, 앞으로 생길 희생자를 위해서 무언으로 푸가초프에게 호소하고 있는 것같이 보였다. 광장에는 이미 서둘러 교수대가 마련되어 있었다. 우리들이 가까이 오자 바쉬키르인들이 군중을 쫓아 버리고 우리들을 푸가초프 앞에 끌어냈다.

종소리는 멎었다. 주위에는 깊은 정적이 찾아왔다.

"누가 사령관이냐?"

하고 이 표트르 3세를 자칭하는 자가 물었다. 우리 하사관으로 있던 카자흐가 군중 속에서 앞으로 나와 이반 쿠즈미치를 가리켰다. 푸가초프는 위협하는 듯이 노인을 노려보며 말했다.

"어째서 너는 나에게 감히 반항하였느냐, 너의 황제를 향해서?"

사령관은 부상을 당해 지쳐 있었으나 마지막 힘을 짜내어 확고한 목소리로 대답했다.

"네가 내 황제라고! 너는 도적의 자칭 황제란 말이다. 알았느냐!"

푸가초프는 음울하게 얼굴을 찌푸리고 흰 손수건을 흔들었다. 몇 사람의 카자흐가 노대위를 잡아 누르고 교수대 쪽으로 끌고 갔다. 문득 보니그 들보 위에는 전날 우리들이 심문했던 그 바쉬키르인이 걸터앉아 있는것이었다. 그는 손에 밧줄을 쥐고 있었다. 그리고 1분 후에는 가엾은 이반 쿠즈미치가 공중에 매달려 있는 것을 나는 보았다.

한편 이반 이그나찌치가 푸가초프에게 끌려왔다.

"황제 표트르 페오도로비치에게 선서하라."

"너는 우리의 황제가 아니다."

하고 이반 이그나찌치는 대위의 말을 되풀이해서 말했다.

"너는 말이야, 도적놈의 자칭 황제다!"

푸가초프는 다시 손수건을 흔들었고 선량한 중위는 상사인 노사령관옆에 매달아졌다.

다음은 내 차례였다. 나는 도량이 큰 두 사람의 동료가 했던 대답을 되풀이할 각오를 하고 대담하게 푸가초프를 응시하고 있었다. 그때, 나는폭도의 근위상사들 사이에 둥글게 머리를 깎아 올리고 카자흐식의 긴 옷을 입은 슈바브린이 있는 것을 보고 얼마나 놀랐는지 모른다. 그는 푸가초프에게 다가가자 귀에다 대고 두서너 마디 속삭였다.

"그놈을 매달아!"

푸가초프는 나를 바라보지도 않고 말했다. 내 목에 둥근 밧줄이 씌워졌다. 나는 마음속으로 기도를 드리기 시작했다. 내가 저지른 모든 죄를 진심으로 신에게 참회하고, 내 마음에 가까운 모든 사람들의 구원을 신에게 기도했던 것이다.

나는 교수대 아래로 끌려갔다.

"염려 없어, 무섭지 않아."

하고 살인자들이 되풀이해서 말하고 있었지만, 그들은 정말로 나에게 용기를 줄 작정이었는지도 모른다.

순간 나는 외치는 소리를 들었다.

"잠깐 기다려, 철면피 같은 놈들! 기다려라!"

사형 집행인은 손을 멈췄다. 소리가 난 쪽을 돌아보니 사베리치가 푸가초프의 발 아래 무릎을 꿇고 있는 것이었다.

"영감님!"

하고 나를 돌보고 지켜 주는 직책을 가진 늙은 내 하인은 얘기하고 있었다.

"귀족의 자식을 죽인다고 해서 당신께 무슨 소용이 되겠습니까? 방면해 주십시오! 몸값을 당신께 보내 줄 것입니다. 본보기나 위협이 목적이라면 어서 이 늙은이를 대신 매달아 주십시오!"

푸가초프는 신호를 했다. 그러자 곧 밧줄이 풀려지고 나는 자유의 몸이 되었다.

"우리들의 아버지 되는 분이 너에게 자비를 내리셨다."

하고 내게 말하는 소리가 들렸다.

이때, 나는 내가 살았다는 것을 기뻐했다고도 말할 수도 없고, 그렇다고 살았다는 것을 내가 후회했다고 단언할 수도 없었다. 내 기분은 너무나 혼란스러웠기 때문이다. 나는 또 다시 자칭 황제 앞에 끌려가서 그 앞에 무릎을 꿇었다. 푸가초프는 나에게 험상궂게 생긴 손을 내밀었다.

"그 손에다 입을 맞춰라, 입을 맞춰라!"

주위에서는 그런 말들을 하고 있었다. 그러나 나로서는 이같은 비열한 굴욕을 받느니 차라리 어떤 참혹한 형벌이라도 받는 편이 좋다고 생각했다.

"표트르 안드레비치 나으리!"

사베리치가 등뒤에 서서 나를 꾹꾹 찌르면서 말했다.

"고집을 부리지 말아요! 두 눈 꼭 감고 침이라도 뱉는 셈 치고, 이 나쁜……(쉿!) 그 사람의 손에 입을 맞춰요."

나는 꼼짝도 하지 않았다. 푸가초프는 손을 내리고 차갑게 웃으면서 말했다.

"이 친구는 틀림없이 너무나 기뻐서 바보가 된 것 같아. 일으켜 줘라!"

나는 몸이 일으켜지고 자유로운 몸이 되었다. 나는 이 가공할 희극을 계속 볼 수 있었던 것이다.

주민들이 충성의 선서를 하기 시작했다. 그들은 한 사람씩 앞으로 나가 그리스도의 십자가상(像)에 입술을 대고, 그 다음에 자칭 황제에게 절을 한 번 하는 것이었다. 수비대의 병사들도 거기에 서 있었다. 중대에 예속되어 있는 양복쟁이가 투박한 가위로 병사들의 땋아서 뒤로 길게 늘어뜨린 머리카락을 자르며 돌아다녔다. 그들은 머리칼을 흔들어 떨어뜨리면서 푸가초프의 손에 입을 맞추기 위해 다가갔으며, 푸가초프는 그들의 사면을 선고한 다음, 자기 도당에 가입시켜 주는 것이었다. 이러한 일이 세 시간쯤 계속되었다.

마침내 푸가초프는 의자에서 일어서더니 근위상사들을 거느리고 계단을 내려왔다. 그 앞에 호화로운 마구(馬具)로 장식된 흰 말이 끌려왔다. 두 사람의 카자흐가 그의 양팔을 부축해서 안장 위에 태웠다. 그는 게라심 신부를 향하여 신부의 집에서 식사를 하겠다고 알렸다.

이때, 여자의 울부짖는 소리가 울려 퍼졌다. 몇 사람의 도적떼가 머리를 풀어 헤치고 완전히 옷이 벗겨진 바시리사 예고로브나를 입구의 계단으로 질질 끌어 낸 것이었다. 그 중의 한 사람은 이미 그녀의 솜을 넣은 조끼를 입고 있었다. 다른 패들도 털이불과, 큰 상자와 찻잔, 속내의 등, 가지가지 세간살이를 끄집어 내왔다.

"여러분!"

가련한 노파는 소리치고 있었다.

"나를 괴롭히지 말아요. 여러분, 나를 이반 쿠즈미치에게 데려다 주세요."

문득 그녀는 교수대로 눈길을 돌려 자기 남편의 모습을 확인했다.

"악당놈들!"

그녀는 정신없이 소리치기 시작했다.

"저 사람에게 무슨 짓을 한 거요? 아아, 내 소중한 이반 쿠즈미치, 당신은 정말 훌륭한 군인이었어요! 프러시아의 총칼도, 터키의 탄환도 당신을 피했습니다. 그런데 명예스런 싸움에서 목숨을 버린 것이 아니고 탈옥한 악당의 손에 걸려서 이슬로 사라지다니!"

"그 귀신 같은 노파의 입을 다물게 하라!"

라고 푸가초프가 말했다. 그리하여 젊은 카자흐가 긴 칼로 그녀의 머리를 한 번 내리쳤다. 그러자 그녀는 계단 위에 시체가 되어 쓰러졌다. 푸가초프는 말을 타고 그곳을 떠났고 사람들은 그 뒤를 급히 쫓아갔다.

제8장 초대받지 않은 손님

불청객(不請客)은 타타르인(人)보다 나쁘다 -속담-

광장은 텅 비어 버렸다. 나는 쭉 계속하여 같은 장소에 멈춰서 있으면서, 너무나도 무서운 상황에 뒤섞여 혼란스러운 생각을 가다듬지 못한 채 있었다. 모든 것을 제쳐놓고 마리아 이바노브나의 행방을 알 수 없는 것이 무엇보다도 내겐 견딜 수 없었다. 그녀는 어디에 있는 것일까? 어떻게 되었을까? 다행히도 숨을 수가 있었을까? 불안한 생각으로 가득찬 나는 사령관의 집 안으로 들어갔다.

완전히 텅 비어 있었다. 의자도, 테이블도, 큰 궤짝도 모조리 파괴되어 있었다. 식기 종류도 박살이 나 있었다. 모두 도둑맞은 것이었다. 나는 위쪽의 밝은 방으로 통하는 작은 계단을 뛰어올라가, 생전 처음으로 마리아 이바노브나의 방으로 들어갔다. 나는 폭도들로 인해 엉망이 된 그녀의 침대를 발견했다, 옷장은 박살이 나 있었고, 그 속에 있는 것은 약탈되어 있었다. 등잔은 성상(聖像)을 넣어 두는 텅 빈 상자 앞에 아직 켜져 있었다. 창과 창 사이의 벽에 걸린 작은 거울도 무사하게 남아 있었다. 아가씨가 살기에 알맞은 이 얌전한 작은 방의 주인은 도대체 어디로 갔을까. 소름이 끼치는 듯한 생각이 내 마음을 울렁거리게 했다. 강도들의 손에 붙잡힌 그녀의 모습을 생각해 냈기 때문이다……. 가슴이 답답해졌다. 나는 격렬하게 울음을 터뜨렸다. 그리고 내 사랑하는 사람의 이름을 큰 소리로 불렀다.

그때, 희미한 소리가 나더니, 벽장 그늘에서 파랗게 질려 몸을 부들부들 떨고 있는 파라시카가 모습을 나타냈다.

"아아, 표트르 안드레비치!"

그녀는 두 손을 모아 쥐며 말했다.

"오늘은 이 무슨 날입니까! 정말로 무서워요……."

"그런데 마리아 이바노브나는?"

하고 나는 기다리지 못하고 물었다.

"마리아 이바노브나는 어찌 됐어?"

"아가씨는 무사합니다."

파라시카는 대답했다.

"아크리나 밤필로브나의 집에 숨어 계십니다."

"신부님 댁에 말이냐!"

하고 나는 너무 놀라 외쳤다.

"큰일났어! 거기에 푸가초프가 있단 말이야!"

나는 방에서 뛰어나오자, 순식간에 한길로 나와 정신없이 신부의 집으로 황급히 달려갔다. 거기서는 외치는 소리, 웃음소리, 노랫소리가 떠들썩하게 들려 왔다. 푸가초프가 친구들과 술자리를 벌이고 있었던 것이다. 파라시카도 내 뒤를 따라왔다. 나는 살짝 마리아 이바노브나를 불러 내라고 파라시카를 들여보냈다. 얼마 후에 신부의 아내가 빈 술병을 들고 현관에 있는 내게로 왔다.

"맙소사! 어디에 마리아 이바노브나가 있습니까?"

나는 말로 다 표현할 수 없는 마음의 동요를 느끼면서 말했다.

"그 애는 내 침대에 누워 있어요. 저 칸막이 벽 저쪽입니다."

신부의 아내가 대답했다.

"하지만 표트르 안드레비치, 까딱했으면 큰일날 뻔했어요. 다행히도 무사히 끝났습니다만, 그 악당놈이 식사를 하려고 자리에 앉자마자 그 불쌍한 애가 마침 정신을 차려 신음하기 시작한 거예요! 난 정말로 정신이 아득해지는 것 같았어요. 그 사내는 그 소리를 듣고, '누구야 노파, 자네 집에서 신음하고 있는 게!' 하고 묻는 게 아녜요? 난 강도놈의 허리띠 부분까지 머리를 조아리고 '제 조캅니다, 폐하. 앓아 누운 지 벌써 2주째입니다.' '그건 그렇고 자네 조카는 젊은가?' '젊습니다, 폐하.' '자, 노파, 한번 자네 조카를 내가 좀 볼 수 있을까?' 내 심장이 덜컹 멎는 것 같았지만, 어찌할 도리가 없었어요. '그러세요, 폐하. 하지만 그 아가씨는 자리에서 일어나지도 못하고, 어전으로 나오지도 못합니다.' '상관없어, 노파. 내 직접 가 보겠어.' 그러면서 무뢰한은 칸막이 저쪽으로 가는 것이 아닙니까. 그래서 어찌됐다고 생각해요! 커튼을 들어올리고 독수리 같은 눈으로 들여다보는 게 아닙니까! 하지만 아무 일도 없었습니다……. 하느님이 도와 주신 겁니다! 하지만 정말로 나나 남편이나 만약에 탄로가 나면 순교자가 될 각오까지 했었답니다. 다행히도 그애는 그놈이 누군지 알아보지 못했어요. 아아, 하느님, 이 얼마나 다행스런 운명입니까! 무슨 말을 해도 소용없는 일이지요! 불쌍한 이반 쿠즈미치! 그런 일을 당할 줄 누가 생각했겠습니까! 거기에다 바시리사 예고로브나만 해도 어떻습니까? 그리고 이반 이그나찌치만 해도! 도대체 그 사람이 어째서?…… 어째서 당신은 용서받았습니까? 더구나 슈바브린은 뭡니까? 알렉세이 이바느이치라고 했던가요? 머리를 둥글게 깎아 올리고, 지금 우리 집에서 그 패들과 함께 술자리를 벌이고 있어요! 말도 못하게 재빠른 행동이에요! 내가 병이 난 조카라고 말했더니, 그놈이 칼날처럼 시퍼런 눈초리로 나를 노려봤어요. 그러나 비밀을 들추어 내지는 않았어요. 이것만은 고마웠어요."

이때, 술취한 고함소리와 함께 게라심 신부의 목소리가 들려 왔다. 손님들이 술을 요구했기 때문에 주인이 아내를 부른 것이다. 신부의 아내는 당황했다.

"집으로 돌아가요. 표트르 안드레비치."

그녀는 말했다.

"지금은 당신을 돌볼 수 없어요. 악당들의 술심부름을 해야 하니까요. 주정뱅이 손에 붙잡히면 그야말로 귀찮아져요. 안녕, 표트르 안드레비치. 모든 것을 운명에 맡길 수밖에 없어요. 하지만 하느님이 버리시지는 않을 것입니다!'

신부의 아내는 그 자리를 떠났다. 나는 조금 안심이 되어 집으로 향했다. 광장 옆을 지나자, 몇 사람의 바쉬키르인이 교수대 주위에 서로 밀치고 웅성대면서 매달려 있는 시체에서 장화를 벗기려 하고 있는 것이 보였다. 울컥 분노가 치밀었으나 공연히 나설 필요가 없다고 생각해서 간신히 나 자신을 억제했다. 요새 안에서는 강도들이 설치고 다니면서 장교의 집들을 휩쓸고 있었다. 가는 곳마다 술취한 폭도들의 아우성치는 소리가 사방에 울리고 있었다. 집에 돌아오니 사베리치가 문앞에서 나를 맞이했다.

"하느님 맙소사! 오셨군요."

그는 나를 보고 말했다.

"나는 또 악당들에게 당신이 붙잡히지 않았나 걱정하고 있던 중입니다. 그런데 보기 어려우시겠지만 나으리, 표트르 안드레비치! 우리들의 물건을 모조리 가져가 버렸어요. 그 사기꾼들이 말입니다. 옷, 내의, 도구, 식기까지도 무엇 한 가지 남겨 놓고 가지 않았습니다. 하지만 아무래도 좋습니다! 고맙게도 당신이 살아서 돌아오셨으니까요! 그런데 나으리, 그 수령이 누군지 알아차리셨어요?"

"아니, 모르겠는데. 그는 도대체 누군데?"

"어떻게 그러실 수 있으세요, 나으리? 여인숙에서 당신으로부터 가죽 외투를, 눈을 속여 훔쳐냈던 그 주정뱅이를 잊으셨나요? 아주 새 것인 토끼가죽 외투를 말입니다. 그것을 그놈, 짐승같은 그놈은 간신히 주워 입으면서 직직 솔기를 풀어 헤쳤잖았어요?"

나는 놀라지 않을 수 없었다. 그야말로 푸가초프와 나의 길안내를 했던 자와는 놀라울 만큼 흡사했던 것이다. 푸가초프와 그 사내가 같은 인물이라는 것을 확신하게 되었으며 비로소 나를 살려 준 이유를 이해할 수 있었다. 나는 이상스런 인연에 경탄을 금할 수 없었다. 떠돌이에게 주었던 어린이용 가죽 외투가 나를 교수형의 밧줄에서 구해 주기도 하고, 하찮은 여인숙을 여기저기 돌아다니며 지내고 있던 주정뱅이가 요새를 차례 차례로 포위해서 국가를 뒤흔들어 놓기도 하고 있는 것이다!

"뭘 드시지 않겠습니까?"

사베리치는 변함없이 그 예절 바름을 나타내면서 말했다.

"집 안에는 아무것도 없습니다. 밖에 나가 찾아봐서 뭔가 만들겠습니다."

혼자 남자, 나는 이런저런 생각에 잠겼다. 나는 어찌하면 좋을까? 악당의 수중에 떨어진 요새에 머물러 있거나 아니면 악당의 한 패에 끼어드는 것은 장교로서 용납할 수 없는 일이다. 현재와 같은 힘겨운 상황 속에서도, 내가 맡은 일이 조국을 위하여 소용될 수 있는 장소로 내가 향하기를 요구하고 있었던 것이다.

그러나 사랑하는 마음은 내가 마리아 이바노브나의 곁에 머물러서, 그녀를 지키고 보호할 것을 맹렬히 권하는 것이었다. 나는 틀림없이 현재의 정세가 머지않아 역전되리라는 예견은 하고 있었지만, 그녀의 입장이 위험하다는 것을 생각하자 불안을 느끼지 않을 수 없었다.

나의 이러한 수심은 카자흐가 한 사람 찾아왔기 때문에 중단되었다. 카자흐는 명령을 전하기 위해 말을 달려왔다.

"대제(大帝) 폐하께서 부르십니다."

"어디 있느냐?"

하고 나는 명령에 따른 준비를 하며 물었다.

"사령관 집입니다."

하고 카자흐가 대답했다.

"식사 후에 폐하는 목욕을 하셨고 지금은 휴식중에 있습니다. 그런데 각하, 그 분이 귀인(貴人)이라는 것은 뭣을 보더라도 알 수 있습니다. 식사를 하실 때 통째로 구운 새끼 돼지를 두 마리나 잡수셨고, 몹시 뜨거운

한증막에 들어가셨는데, 얼마나 뜨거운지 타라스 크로치킨도 참지를 못해, 자작나무 가지를 한증막에서(마사지할 때 사용함) 폼가 빅바예프에게 건네줘 버리고, 차가운 물을 끼얹어 버렸습니다. 말씀 드릴 것도 없습니다……. 하시는 행동이 모두 당당하십니다. 또 소문입니다만 목욕탕에서는 가슴에 박혀 있는 황제의 표적을 보여주었다든가요. 5코페이카 정도의 크기에, 한 쪽에는 머리가 두 개인 독수리가 있고, 다른 한 쪽에는 자신의 얼굴이 있었다고 합니다."

나는 카자흐의 의견에 반론을 가할 필요를 느끼지 않았다. 그리고 그와 함께 사령관 집으로 향했다. 가는 도중에 나는 미리 푸가초프와 만나는 광경을 마음속에 그리고, 결말이 어떻게 될 것인가를 예상하려고 노력했다. 독자도 쉽게 상상하겠지만, 나는 전혀 냉정하지를 못했었다.

내가 사령관 집에 도착했을 때는 황혼이 물들어 있었다. 교수대는 그 희생자를 매단 채 무섭도록 매우 검게 보였다. 불쌍한 사령관 부인의 시체는 아직 계단 아래 뒹굴고 있었다. 그 옆에는 카자흐 두 사람이 지키고 있었다. 나와 함께 왔던 카자흐는 나를 인계하기 위해 안으로 들어갔다가 곧 돌아와서 내가 전날 마리아 이바노브나에게 다정히 이별을 고했던 그 방으로 안내했다.

이상스런 광경이 내 눈앞에 펼쳐졌다. 테이블 보가 씌어져 있고, 술병과 컵이 나란히 놓여 있는 테이블 앞에는 푸가초프와 열 사람 정도의 카자흐 대장들이 앉아 있었다. 모두 모자를 쓰고, 색깔 있는 루바시카를 입었으며 술기운으로 얼굴이 빨개져 있었다. 그들 속에는 새로 가입한 배신자인 슈바브린도, 예의 카자흐 하사관도 없었다.

"야아, 삭하!"

푸가초프는 나를 보고 말했다.

"어서 오게나. 자, 이쪽으로 앉지."

한 자리의 사람들이 자리를 좁혀 주었다. 나는 잠자코 테이블 끝에 앉았다. 내 옆에 있던 키가 크고 미남인 젊은 카자흐가, 내게 값 싼 포도주를 따라 주었지만 나는 손을 대지 않았다. 나는 호기심을 가지고 이 일동을 관찰하기 시작했다. 푸가초프는 상석에 앉아 테이블에 양팔꿈치를 괴고 큰 주먹으로 검은 수염을 받치고 있었다. 그의 얼굴 생김새는 단정해서 비교적 호감이 갔으며, 잔인하게 보이는 곳은 조금도 없었다. 그는 나이가 50세쯤 돼 보이는 사내에게 자주 얘기를 하곤 했는데, 이 사내를 백작(伯爵)이라고도, 치모페이치라고도 불렀으나, 때로는 백부님이라고 존대하기도 했다.

일동은 서로 한 패가 되어 담소를 하고 있었으며, 수령에 대해서도 특별한 취급을 하고 있지 않았다. 화제는 아침의 습격에 대한 일, 반란이 성공한 일, 그리고 장래의 행동에 대한 것이었다. 제각기 자기 공훈을 자랑하기 시작했으며, 자기 주장을 제안하여 사양 않고 푸가초프에게 반론을 펴기도 했다. 그리하여 이 색다른 작전회의 석상에서 오렌부르그 진격이 결정되었던 것이다. 이것은 대담무쌍한 행동이었을 뿐만 아니라 하마터면 성공을 거두어 막대한 재난을 초래할 뻔했던 것이다! 진격은 내일이라고 선언됐다.

"자, 형제들."

푸가초프는 말했다.

"자기 전에 내가 좋아하는 노래를 부르기로 하자. 츄마코프(야이크 카자흐 출신. 푸가초프군의 포병대장인데도 뒷날 푸가초프를 배신해서 정

부군에 신병을 인도했다), 시작해!'

내 옆의 사내가 가느다란 목소리로 슬픈 뱃노래를 부르기 시작하자, 모두들 그를 따라 합창했다.

떠들지 마라, 어머니인 푸른 수풀이여.

어지럽히지 마라, 젊은 우리의 생각을.

내일은 우리들을 재판하는 날이야.

무서운 재판관인 제왕 앞에서.

제왕은 우리들에게 물어 보신다 :

말하라, 젊은이, 농부의 아들아, 누구와 함께 도둑질, 강도질을 했느냐?

너의 패거리는 많은가?

말씀드리겠어요. 희망의 정교 왕이시여, 숨기지 않고, 진실을 다하여 말씀드리 겠나이다. 우리들의 친구는 4명, 첫번째 동지는 어두운 밤, 두 번째는 강철로 만 든 칼, 셋째는 귀여운 말이고, 그리고 넷째는 잡아당긴 활, 사자(使者)는 단련된 화살.

정교의 왕, 희망의 제왕이 말씀하기를,

훌륭하다 젊은이, 농부의 아들이여, 도둑질을 했으면 책임을 져야지!

내가 상으로 주는 것은, 들판 한가운데 서 있는 높다란 나무집.

나무를 가로지른 두 개의 기둥.

교수대의 이슬로 사라질 운명을 가진 사람들에 의해서 불려진, 이 교 수내의 민요가 내게 어떤 인상을 주었는가는 도저히 말로 표현할 수 없다. 그들의 무서운 얼굴들, 박자가 잘 맞는 노랫소리, 한 마디 한 마디에 첨가된 비통한 박자, 그렇잖아도 표현이 풍부한 그 문장, 이 모두가 뭔가 시적인 공포가 되어 나를 뒤흔들었던 것이다.

그들은 또 술 한 잔씩을 마셔 버리고 테이블을 떠나, 푸가초프에게 작별을 고했다. 나도 그 뒤를 따르려 했으나, 푸가초프는 내게 말했다.

"앉아 있어. 너에게 할 얘기가 있다."

우리들은 일 대 일로 서로 마주 보고 앉았다.

한동안 서로 아무 말이 없었다. 푸가초프는 나를 가만히 바라보고 있었는데, 가끔 깜짝 놀랄 정도로 교활하고 조소하는 빛을 보이면서 왼쪽 눈을 가늘게 뜨곤 하는 것이었다. 이윽고 그는 웃음을 터뜨리고 말았다. 그것은 과연 억지로 웃는 것이 아닌 명랑한 웃음이었기 때문에, 나도 그를 보면서 엉겁결에 웃어 버리고 말았다.

"그래, 어땠어?"

그는 내게 말했다.

"고백해, 내 부하녀석들이 당신의 목에 밧줄을 걸었을 때는 겁이 나서 벌벌 떨었지? 무서워서 눈이 아찔아찔했을 테지……. 당신의 하인이 없었더라면, 당신은 지금쯤 들보에 매달려 있을 거야. 나는 한눈에 그 늙은이를 알아보았네. 자, 생각이나 해 봤나? 당신을 벽촌의 여인숙으로 안내한 인간이 대제(大帝) 바로 그 사람이었다는 것을 말이야(여기서 그는 거만하고 신비로운 얼굴을 해 보였다). 너는 나에 대해서 큰 죄를 범하고 있는 거야."

그는 얘기를 계속했다.

"하지만 나는 너의 선행에 대해서 말이야, 내가 적으로부터 몸을 숨기지 않으면 안 되었을 때, 자네가 베풀어 준 일을 생각해서 너를 용서해 준 거야. 그러나 그것 뿐만은 아닐세! 내 제국을 손에 넣을 때는 더 사례를 해주겠어! 열의를 가지고 부하가 되어 나를 섬기겠다고 약속하지 않겠나?'

이 사기꾼의 질문과 그의 대담한 점이 나에겐 매우 우스워서 나는 그만 웃어 버렸다.

"뭐가 그렇게 우스워?"

얼굴을 찡그리면서 그는 물었다.

"그렇다면, 내가 대제라는 것을 믿지 않는단 말이냐? 분명히 대답해라."

나는 당황했다. 이 떠돌이를 황제라고 나는 인정할 수 없었다. 그것은 나에게 용서할 수 없는 비겁한 일같이 생각되었다. 그렇다고 그의 눈앞에서 사기꾼이라고 부르는 것도 내 몸을 파멸로 이끄는 일이었다. 사람들이 보는 앞에서 교수대 아래 서서 너무나 분격한 나머지 내가 말할 작정이었던 말은 지금 와서 생각하면 무익한 허세로밖엔 생각되지 않았다.

나는 망설였다. 푸가초프는 어두운 얼굴을 하고 나의 대답을 기다리고 있었다. 마침내 (지금도 이 순간을 만족스런 기분으로 생각해 내지만) 의무감이 내 마음속에서 인간의 약점을 극복했던 것이다. 나는 푸가초프에게 대답했다.

"알겠습니다. 당신에게는 사실대로 말하겠습니다. 내가 당신을 황제라고 인정할 수 있는가 어떤가? 당신이 판단해 주십시오. 당신은 현명한 사람이니까, 내가 교활한 행동을 취해도 곧 알아차릴 테니까요."

"당신의 생각으론 내가 도대체 어떤 사람일 것 같나?"

"모르겠습니다. 하지만 당신이 어떤 사람이든 간에, 위험한 승부를 자청해서 하고 있는 것만은 사실이오."

푸가초프는 재빨리 나를 훑어보았다.

"그렇다면 당신은 믿지 않는단 말이지."

라고 그는 말했다.

"내가 황제 표트르 페오도로비치라는 것을 믿지 않는다 이 말이지? 좌우간 좋다. 하지만 용감한 자는 성공하지 않을까? 그 옛날, 그리시가 오트레피에프(가짜 드미트리를 말함. 이반 뇌제(雷帝)의 죽은 아들인 드미트리의 이름을 사칭했음)는 제왕의 자리에 오르지 않았느냐? 나를 어떻게 생각하든 상관없지만 중요한 건 나를 떠나서는 안 된다는 거다. 다른 일 따위는 어떻게 되든 상관없지 않느냐? 어떤 신부라도 신부는 신부야. 나에게 충실히 그리고 진심으로 섬겨 준다면 원수(元帥)나 공작을 시켜줄 수도 있다. 어떻게 생각해?"

"아닙니다."

나는 딱 잘라말했다.

"나는 태어날 때부터 귀족입니다. 나는 여왕 폐하께 충성을 맹세한 몸이기 때문에 당신을 섬길 수는 없습니다. 만약, 진정으로 나를 위한다면 나를 오렌부르그로 보내 주시오."

푸가초프는 생각에 잠겼다.

"만약, 보내준다면……"

그는 말했다.

"적어도 내게 대항하는 행동은 하지 않겠다고 약속하겠는가?"

"어떻게 그런 약속을 할 수 있습니까?"

나는 대답했다.

"그것을 내 마음대로 할 수 없다는 것을 당신도 알지 않습니까. 당신과 싸우라는 명령을 내리면 그렇게 할 것입니다. 그 밖에 다른 도리가 없지 않습니까? 당신만 하더라도 현재 여러 사람의 우두머리입니다. 부하에게 복종하기를 요구하고 있습니다. 만약에 내가 마땅히 수행해야 할 임무를 거부하면 어떻게 되겠습니까? 내 목은 당신 손 안에 있습니다. 나를 방면해 주시면 고마운 일입니다. 사형에 처한다면 당신을 신이 심판할 것입니다. 하지만 이것으로 나는 당신에게 사실을 사실대로 말한 것입니다."

나의 성실한 태도가 푸가초프를 감동시켰다.

"그것도 좋겠지."

그는 내 어깨를 두드리면서 말했다.

"사형에 해당하는 사람은 사형에 처하고, 용서할 사람은 용서해 줄 테다. 어디든지 가고 싶은 곳으로 가라. 그리고 하고 싶은 일을 해. 내일 다시 와서 나와 작별인사를 하기로 하고, 지금은 잠을 자러 가도록 하게. 나도 잠이 오는군."

나는 푸가초프를 남겨 놓고 한길로 나왔다. 조용하고 얼어붙을 듯이 추운 밤이었다. 달과 별이 광장과 교수대를 밝게 비추고 있었다. 요새 안은 모든 것이 조용하고 어두웠다. 불이 켜진 술집에서만은 돌아가기를 잊은 방탕자들의 아우성이 진동하고 있었다. 나는 신부의 집을 바라보았다. 덧문도 입구의 문도 닫혀 있었다. 집안은 모두 잠이 들어 조용한 것 같았다.

내가 숙소로 돌아오자, 사베리치는 내가 없어진 것을 몹시 슬퍼하여 울고 있었다. 내가 완전히 석방되었다는 소식에 그는 말할 수 없는 기쁨을 나타냈다.

"하느님, 고맙습니다!'

그는 가슴에 성호를 그으면서 말했다.

"날이 밝으면 요새를 빠져나와 눈길이 닿는 방향으로 갑시다. 약간의
음식을 만들어 놨습니다. 나으리, 어서 잡수십시오. 그리고 아침까지 그
리스도님의 품안에 안긴 기분으로 푹 주무십시오."

나는 그가 권하는 대로 맛있게 저녁식사를 먹고 나서 몸도 마음도 완전
히 지쳐 버려, 아무것도 없는 바닥에서 잠이 들어 버렸다.

제9장 별리(別離)

서로 알게 된 것은 즐거웠다.
아름다운 사람이여, 너를 알게 된 것은.
이별은 괴롭고 슬픈 것, 나의 영혼과 이별하는 것처럼. -헤라스코프-

아침 일찍, 북소리에 나는 눈을 떴다. 어제의 희생자들이 매달려 있는 교수대의 주위에 푸가초프의 무리들이 벌써 정렬하고 있었다. 카자흐들은 말에 올라타 있었고, 병사들은 손에 총을 들고 있었다. 깃발들이 펄럭이고 있었다. 대포가 몇 문 있었고, 그 안에는 우리의 대포도 있었는데, 행군용의 포가(砲架)에 얹혀 있었다. 전 주민이 자칭 황제가 나타나기를 기다리고 있었다. 사령관 집의 계단 앞에서 한 사람의 카자흐가 키르기즈종(種)의 훌륭한 백마의 고삐를 붙잡아 쥐고 있었다. 나는 사령관 부인의 시체를 눈으로 찾았다. 시체는 약간 옆으로 밀쳐져 있었고 거적으로 씌워 놓았다.

이윽고 푸가초프가 현관으로 나왔다. 사람들은 모자를 벗었다. 푸가초프가 계단 위에 멈춰 서고는 모두에게 인사를 했다. 근위상사 하나가 그에게 동전이 들어 있는 주머니를 건네자, 그는 돈을 손에 담뿍 쥐고는 뿌리기 시작했다. 사람들은 아우성을 치면서 달려들어 그것을 줍기 시작했으며 결국은 부상자까지 나오는 형편이었다.

푸가초프는 한 패의 주요한 인물들에 둘러싸여 있었다. 그 속에 슈바브린도 있었던 것이다.

우리들의 시선이 서로 마주치자 내 시선에 경멸의 빛이 역력한 것을 간파했는지, 억지로 차가운 웃음을 띠면서 얼굴을 돌리고 말았다. 푸가초프는 군중 속에 끼어 있는 나를 발견하자 고개를 끄덕여 보이고는 나를 옆으로 가까이 불렀다.

그리고 그는 내게 말했다.

"지금 곧 오렌부르그로 가게. 그래서 내가 말했다고 하면서 지사와 장군들에게 1주일 후에는 갈 테니 나를 기다리라고 선언해 주게. 진실한 사랑과 공손한 태도로 나를 맞이하도록 충고해 주기 바라네. 그렇잖으면 엄벌에 처하겠다고 말이야. 그럼 잘 가게, 친구!"

그 다음에 그는 사람들 쪽으로 몸을 돌려 슈바브린을 가리키면서 말했다.

"자, 여러분. 이 사람이 새로운 사령관이다. 모든 일은 이 사람의 명령에 따르라. 이 사람은 너희들과 이 요새에 관해서 내게 책임을 지기로 돼 있어."

나는 이 말에 소름이 끼치는 것을 느꼈다. 슈바브린이 요새의 우두머리가 된 것이다. 마리아 이바노브나가 그의 지배하에 들어간다! 하느님, 그녀는 어떻게 되는 것입니까!

푸가초프는 계단에서 내려왔다. 말이 그에게로 끌려왔다. 그는 부축해 주려고 대기하고 있던 카자흐의 손을 뿌리치고는 재빨리 말안장에 올라 탔다.

이때, 군중 속에서 내 하인인 사베리치가 뛰어나와 푸가초프에게 한 장의 종이쪽지를 내미는 것이었다.

"이건 뭐냐?"

푸가초프는 거만한 말투로 물었다.

"읽어 주십시오, 사실 그대롭니다."

사베리치는 대답했다. 푸가초프는 그 종이를 손에 쥐자, 이해한 듯한 얼굴로 오랫동안 들여다보고 있었다.

"뭐라고 썼는지 통 알아보지 못하겠군."

결국 그는 그렇게 말했다.

"내 밝은 눈으로도 도무지 아무것도 읽을 수 없군. 서기장관(書記長官)은 어디 있느냐?"

하사의 군복을 입은 젊은이가 재빨리 푸가초프에게 뛰어왔다.

"소리 높이 읽어 보라."

자칭 황제는 그에게 종이쪽지를 건네면서 말했다. 나는 사베리치가 무엇을 썼는가 무척 궁금했다.

서기관장은 글씨 하나하나를 더듬으며 겨우 다음과 같이 소리 높여 읽었다.

"가운 두 벌, 흰 무명으로 만든 것 및 줄무늬 비단으로 만든 것, 일금(一金) 6루블 정(整)."

"그것은 무슨 뜻이냐?"

푸가초프는 얼굴을 찡그리면서 말했다.

"계속해서 읽으라고 말씀해 수십시오."

정색을 하면서 사베리치는 말했다.

서기관장은 계속해서 읽었다.

"얇은 녹색의 나사로 만든 군복이 일금 7루블 정. 하얀 나사로 만든 바지가 일금 5루블 정.

커프스가 달린 네덜란드 마(麻)의 와이셔츠 12매가 일금 10루블 정. 찻잔이 든 작은 상자가 일금 2루블 반……."

"무슨 헛소리냐?"

푸가초프는 가로막았다.

"작은 상자, 커프스가 달린 바지 따위가 나하고 무슨 상관이 있느냐?"

사베리치는 헛기침을 한 번 하고는 설명하기 시작했다.

"이것은 말입니다, 폐하. 악당들이 빼앗아 간 도련님의 재산 목록입니다."

"악당이란 누굴 말하는 거냐?"

푸가초프는 강압적으로 물었다.

"죄송합니다. 말을 잘못했습니다."

사베리치는 대답했다.

"악당인 것 같았지만, 악당은 아니었습니다. 당신의 군대가 집을 뒤져서 조금씩 조금씩 몽땅 가져가 버렸습니다. 화를 내지 마십시오. 말은 네 발을 가지고도 발이 걸려서 넘어질 뻔한다고 하던가요. 끝까지 읽으라고 말씀해 주십시오."

"끝까지 읽어라."

푸가초프가 말했다.

서기관은 계속해서 읽었다.

"얇은 비단 이불이 한 채, 그 밖에 무명 호박(琥珀)으로 짠 이불이 한 채, 일금 4루블 정. 빨간 라치네로 짠 나사 옷감이 부착된 여우의 모피 외투가 일금 40루블 정. 그 밖에 여인숙에서 진상했던 토끼가죽 외투가 일금 15루블 정."

"무엇이 어째!"

푸가초프는 눈에다 불을 켜고 소리쳤다.

솔직히 말해 나는 가엾은 사베리치를 생각하고는 조마조마했다. 그는 다시 설명을 하기 시작하려고 했지만, 푸가초프가 그것을 가로막았다.

"그런 하찮은 일로 내 앞에 기어나왔단 말이냐?"

그는 서기의 손에서 종이쪽지를 낚아채서 사베리치의 얼굴에다 팽개치고는 외쳤다.

"어리석은 늙은이야! 그런 것을 빼앗긴 것이 그리 대단하냐? 그리고 이 늙은이야, 너는 나나 나의 군대를 위해서 평생 기도를 드리지 않으면 안 될 정도다. 여하튼 네 주인도 이 반역자들과 함께 매달려 있지 않아도 되었기 때문이야……. 토끼가죽 외투라고! 내가 토끼가죽 외투를 주겠다. 하지만 알았지, 너의 살아 있는 가죽을 벗겨서 가죽외투를 만들어 줄 테니 어떠냐?"

"생각대로 하십시오."

라고 사베리치는 대답했다.

"하지만 저는 하인의 몸으로 주인의 재산에는 책임을 져야 합니다."

푸가초프는 아마도 일시적으로 관대한 마음을 먹었으리라.

그는 얼굴을 돌리고 한 마디도 하지 않은 채 가 버렸다. 슈바브린과 근위상사들도 그 뒤를 따라갔다. 악당들은 대오를 짜고 요새를 나갔다.

사람들은 푸가초프를 전송하러 갔다. 나하고 사베리치 두 사람만이 광장에 남았다. 내 하인은 그 재산목록을 손에 쥐고, 진정 분하다는 듯이 그것을 보고 있었다. 내가 푸가초프와 잘 타협이 돼 있는 것을 보고 그는 그것을 이용하려고 생각했던 것이다. 그러나 그 훌륭한 계획도 성공하지 못했다. 나는 그의 어울리지 않는 충성심에 대하여 꾸짖었으나, 아무리해도 웃음을 터뜨리지 않을 수 없었다.

"웃어도 좋습니다. 나으리."

하고 사베리치는 대답했다.

"실컷 웃으십시오. 하지만, 살림을 새로 만들지 않으면 안 되게 되었습니다. 보십시오, 웃을 일이 아닙니다."

나는 마리아 이바노브나를 만나려고 신부의 집으로 급히 갔다. 신부는 나를 맞이하면서 슬픈 소식을 알려 주었다. 한밤 중에 이바노브나는 매우 열이 났으며 지금은 의식을 잃고 헛소리를 한다는 것이었다. 신부의 아내는 나를 그녀의 방으로 안내했다. 나는 살며시 그녀의 침대에 다가갔다.

그녀의 달라진 모습에 나는 가슴이 아팠다. 병자는 내가 누군 줄을 몰랐다. 오랫동안 나는 그녀 앞에 서 있었다. 게라심 신부도, 선량한 그의 아내도 나를 위로해 주고 있었지만 그 말 한 마디도 귀에 들어오지 않았다. 어두운 근심이 내 가슴을 어지럽혔다. 흉악한 폭도들 사이에 남겨진 불쌍하고 의지할 곳 없는 고아의 신세와 내 자신의 무력함이 나를 슬프게 했다. 슈바브린, 특히 그 슈바브린에 대한 여러 가지 상념은 내 머리를 마구 흩뜨려 놓는 것이었다.

자칭 황제로부터 권력을 부여받아 불행한 그녀가 머물러 있는 요새를 지배하고 있는 거다. 그의 권한으로 죄없는 대상인, 이 불행한 아가씨에게 그는 무슨 일이든 제 마음대로 할 수가 있는 것이었다.

나는 무엇을 할 수 있단 말인가? 어떻게 하면 악당들의 손에서 그녀를 구출해 낼 수 있을까? 나에게 주어진 방법은 단 하나였다. 나는 곧 오렌부르그로 출발할 것을 결정했다. 그것은 벨로고르스크 요새의 탈환을 독촉하고 될 수 있는 대로 그에 협력하기 위해서였다.

나는 아크리나 밤필로브나에게 벌써 내 아내나 다름이 없는 그녀를 신신당부하고, 신부 부부에게 작별을 고했다. 나는 가엾은 아가씨의 손을 잡고 눈물을 흘리면서 입을 맞추었다.

"잘 가시오."

신부의 아내는 나를 전송하러 따라와서는 말했다.

"조심해요, 표트르 안드레비치. 또 좋은 시절이 오면 만날 수 있겠지요. 우리를 잊지 말고, 종종 편지를 보내 줘요. 불쌍한 마리아 이바노브나에게는 당신만이 위로가 되고, 의지가 되니까요."

광장을 나와서 나는 잠깐 발을 멈춰 교수대를 올려다보고는 절을 한 번 하고 요새를 나왔다. 그리고 항상 내 곁을 떠나지 않는 사베리치를 데리고 오렌부르그로 가는 길을 걸어갔다.

내가 생각에 잠기면서 걷고 있으려니 갑자기 뒤에서 말발굽 소리가 들려 왔다. 뒤돌아 보니 한 사람의 카자흐가 바쉬키르의 말고삐를 끌면서 달려와, 멀리서 내게 신호를 하고 있었다. 나는 그 자리에 멈춰섰다. 그리고 잠시 후에 그 자가 우리 부대의 카자흐 하사관이라는 것을 알았다. 그는 가까이 와서, 말에서 내려 나에게 또 한 마리의 말고삐를 건네면서 말했다.

"상관님! 폐하는 당신에게 말과 몸에 입고 있던 모피외투를 하사하셨습니다(말안장에는 양피외투가 붙들어 매져 있었다). 그리고 또."

하사관은 말이 막혀 우물거리다가 다시 말하기 시작했다.

"폐하는 주셨는데, 반(半) 루블……입니다만, 난 그것을 오는 도중에 잃어버렸습니다. 아무쪼록 용서해 주십시오."

사베리치는 의아한 듯 그를 보더니 중얼거렸다.

"도중에 잃어버렸다고! 그렇다면 네 호주머니에서 짤랑짤랑 소리가 나고 있는 것은 뭐지? 이 뻔뻔스러운 놈!"

"내 호주머니에서 짤랑짤랑 소리가 나는 것이 뭐냐고?"

하사관은 조금도 당황하는 빛을 보이지 않으면서 되받았다.

"정신차려요, 아저씨! 이건 돈이 아니고 말에 부착돼 있는 쇠붙이가 덜렁거리는 소립니다."

"이제 그만해."

나는 그 말다툼을 가로막으면서 말했다.

"너를 보내 준 사람에게 고맙다고 해라. 분실한 반 루블을 돌아가는 길에 찾거든 술값으로 가져라."

"고맙습니다, 상관님."

그는 자기의 말머리를 돌리면서 대답했다.

"평생 당신을 위해서 하느님께 기도하겠습니다."

이렇게 말하자 그는 한 손으로 호주머니를 누르면서 왔던 길을 달려갔다. 그리고 얼마 후에 그의 모습은 보이지 않게 되었다.

나는 가죽외투를 주워 입고는 말에 올라타고 사베리지도 등뒤에 함께 태웠다.

"자 어떻습니까, 나으리."

노인은 말했다.

"제가 그 사기꾼에게 탄원했던 일도 보람이 없지는 않았지요? 그 도적놈, 부끄러운 생각이 들었던 겁니다. 그렇지만 이런 바쉬키르의 키다리 같고 말라빠진 말과 모피외투 가지고는, 그놈들 사기꾼이 훔쳐내고 주인께서 그놈에게 주었던 것에 비하면 반 값도 되지 않습니다만, 어쨌든 쓸모있을 것입니다. 사나운 개의 털 한줌도 쓸데가 있는 법이지요."

제10장 마을의 포위

초원과 언덕을 점령하고, 망루에서 독수리같은 눈초리로 마을을 내려다보고,
진지의 배후에 포좌(砲座)를 구축하여, 대포를 숨기고 야음을 타 성 아래로 끌어 낸다.
— 헤라스코프 —

    오렌부르그에 다다르자, 우리들은 머리를 깎이고 형리(刑吏)에 의해 불에 달구어진 흉터로 두 번 다시 볼 수 없는 얼굴이 된 죄수들의 무리를 보았다. 그들은 수비대의 상이병들에게 감시를 받으며 보루(堡壘)의 주위에서 일을 하고 있었다. 요새의 참호에 쌓여 있는 쓰레기를 수레로 운반해 내는 자도 있고 삽으로 땅을 파는 자도 있었다. 성채 위에서는 석공들이 벽돌을 날라다가 성벽을 수리하고 있었다. 성문에서는 위병이 우리들을 제지하고 신분증의 제시를 요구했다. 중사는 우리들이 벨로고르스크 요새에서 왔다는 말을 듣자, 즉시 나를 장군 집으로 안내해 주었다.

    나는 뜰에서 장군을 만났다. 장군은 가을 바람에 잎이 모조리 떨어진 사과나무를 둘러보면서, 늙은 정원사의 도움을 빌려 짚으로 따뜻하게 나무줄기를 조심스레 감싸주고 있었다.

    그의 얼굴에서는 편안함과 건강과 온후한 성격이 엿보였다. 그는 나를

반겨 주었고, 내가 목격한 무서운 사건에 대해서 여러 가지로 묻기 시작했다. 나는 그에 관한 모든 것을 이야기했다. 노인은 주의깊게 내 얘기를 듣는 동안 마른 가지를 자르고 있었다.

"가엾은 미로노프!"

나의 목격담을 다 끝냈을 때, 그는 그렇게 말하는 것이었다.

"분한 일을 당했어. 훌륭한 장교였는데! 거기다 마담 미로노프도 좋은 부인이었지. 버섯을 소금에 절이는 솜씨가 뛰어난 사람이었어! 그런데 대위의 딸 마샤는 어찌 됐어?"

나는 요새에 남아 있는 신부의 아내한테 맡겨 놓았다고 대답했다.

"아아, 아아!"

장군은 말을 계속했다.

"그건 안 돼, 절대로 안 돼. 강도놈들의 손아귀에 있는 한 절대로 믿을 게 못 돼. 불쌍한 아가씨는 어떻게 될 건가?"

"벨로고르스크 요새까지는 가까우니, 각하도 그 가엾은 주민들을 구출하기 위해 군대를 즉각 파견하시겠지요?"

라고 나는 되물었다. 장군은 몹시 자신 없는 얼굴로 고개를 흔들었다.

"좀 생각해 보겠다. 생각해 보겠어."

라고 그는 말했다.

"그 일에 대해서는 아직 논의할 여유가 있다. 내게로 차를 마시러 오지 않겠나? 오늘 집에서 군사회의를 열기로 돼 있어. 자네는 우리에게 푸가초프라고 하는 망나니와 그놈의 군대에 대해서 확실한 정보를 제공할 수 있을 테지. 그럼 그때까지 푹 쉬도록 하게."

나는 배정된 숙소로 갔다. 사베리치는 벌써 이리저리 방을 치우고 있었다. 나는 초조한 마음으로 약속된 시간을 기다렸다. 나의 운명을 좌우하게 될 이 회의에 출석하는 것을 나는 잊지 않았다.

이런 사실은 독자도 쉽게 상상할 수 있으리라. 약속된 시간에 나는 이미 장군댁에 가 있었다.

나는 장군댁에서 이 마을의 관리 한 사람을 만났다. 아마도 세관장(稅關長)이었다고 생각되는데 그는 뚱뚱한 몸집에다 불그스레한 얼굴을 한 노인으로, 금실을 섞어 짠 긴 비단옷을 입고 있었다.

그는 이반 쿠즈미치의 운명에 관해서 여러 가지를 묻기 시작했는데, 이반 쿠즈미치를 자기 대부(代父)라고 말하면서 관계도 없는 질문을 하기도 하고 교훈 비슷한 의견을 늘어 놓기도 하여 몇 번이고 내 얘기를 중단시키는 것이었다. 그가 덧붙이는 말에 의하면 그가 전술에는 밝지 않을망정, 적어도 이해력이 빠르고 천성이 영리한 사람이었다는 것이다.

그러는 동안에 다른 참석자들도 모였다. 장군을 제외하면 이 사람들 가운데 군인은 한 사람도 없었다. 일동이 자리에 앉고, 차가 골고루 돌려지자 장군은 당면한 문제에 대해서 극히 명확하고 또한 빈틈없는 설명을 덧붙였다.

"그런데 여러분."

그는 얘기를 계속했다.

"이 폭도에 대해서 우리가 어떻게 행동을 취해야 하는가를 결정하지 않으면 안 됩니다. 즉, 공세를 취하느냐, 방어를 해야 하느냐 하는 것입니다. 이 두 가지 수단은 각각 장점과 단점을 가지고 있습니다. 공격적인 행동은 급속히 적을 소탕하는 데 적합하며, 방어적인 행동은 보다 확실하며 위험이 적은 것입니다……. 그러면 규칙에 따라 관등(官等)이 낮은 사

람부터 순서대로 시작해서 여러분의 의견을 듣기로 합시다. 소위보(少尉補) 군!'

하고 그는 내 쪽으로 몸을 돌리면서 말했다.

"자네의 의견을 듣고 싶네."

나는 자리에서 일어섰다. 그리고 짤막하게 먼저 푸가초프와 그 일당에 대해서 설명한 후, 자칭 황제에게는 정규군에 대항할 만한 힘이 없다고 단언했다. 나의 이러한 의견에 대해서 관리들은 좋은 반응을 나타내지 않았다. 그들은 그것을 젊은 사람의 무모하고 경솔한 의견에 지나지 않는다고 생각했던 것이다.

여기저기서 수군거리는 소리가 들려 왔다. 그리고 나는 누군가가 작은 소리로 빈정거리는 말을 분명히 들었다.

"젖비린내가 나는군."

장군은 내 쪽으로 몸을 돌리고 미소를 지으면서 말했다.

"소위보! 군사회의에서 최초로 제시되는 의견은 대체로 공격을 지지하는 법일세. 이것은 규칙일세. 그럼 계속해서 의견을 듣기로 하겠습니다. 육등관(六等官) 군! 당신의 의견을 말하시오!'

금실을 섞어 짠 긴 비단옷을 입은 노인은 꽤 많은 양의 럼주를 섞은 석 잔째의 차를 급히 들이마시고는 장군에게 대답했다.

"각하, 저는 공격도 방어도 다 취해서는 안 된다고 생각합니다."

"그것은 무슨 뜻입니까, 육등관군?'

깜짝 놀란 장군은 의아한 듯 말했다.

"전술에는 공격과 방어 이외에는 다른 방법이 없습니다만. 각하, 매수 (買收) 삭선을 사용하십시오.'

"하아, 그렇군! 그 의견도 그럴듯하군요. 매수 작전은 전술로 허용될 수 있으니까요. 그럼 우리도 당신의 의견을 참작하겠습니다. 그 망나니 목에 현상금을 걸 수 있겠지요. 70 아니 100루블 정도는……, 기밀비에서 지출하기로 하고……."

"그래서 말입니다만."

하고 세관장이 말을 가로챘다.

"그 강도놈들이 항쇄족쇄(項鎖足鎖)를 채워, 자기들의 수령을 우리들에게 인도하지 않는다면, 나는 이미 육등관이 아니라 키르기즈의 양(羊)이라고 불려도 좋습니다."

"그 일에 대해서는 좀더 의논하기로 합시다."

라고 장군은 대답했다.

"그렇지만, 어떤 방법으로든 군사 행동을 취하지 않으면 안 됩니다. 여러분, 규칙에 따라 여러분의 의견을 말해 주시오."

모든 사람이 내 의견에 반대했다. 관리들은 저마다 군대를 기대할 수 없다는 것, 따라서 성공할 가망이 없다는 것, 조심하는 것 이상으로 좋은 방법이 없다는 것 등을 말했다. 전체가 들판에서 싸워 승리를 꾀하느니보다는 튼튼한 돌 성벽을 의지삼아, 대포의 엄호를 받으며 싸우는 편이 현명하다는 의견이었다.

일동의 의견을 다 들은 장군은 파이프의 재를 툭툭 떨고는 다음과 같은 얘기를 하기 시작했다.

"여러분! 내 입장으로는 완전히 소위보 군의 의견에 전적으로 찬성한다고 여러분께 말씀드리지 않을 수 없습니다. 왜냐하면 이 의견은 건전한 전술의 모든 규칙에 입각돼 있기 때문입니다. 전술이라고 하는 것은 어떤 경우에도 방어보다도 공격을 우위로 삼고 있기 때문입니다."

　여기서 그는 얘기를 중단하고 자기 파이프에다 담배를 채우기 시작했다. 나의 기죽은 자존심은 보상을 받고 있었다. 나는 거만하게 관리들을 훑어보았으나, 관리들은 불만과 불안에 찬 얼굴로 서로 수군거리고 있었다.

　"그러나, 여러분."

　그는 깊은 한숨과 진한 담배 연기를 함께 내뿜으면서 말을 계속했다.

　"황공하옵게도 우리의 국모(國母), 여왕 폐하로부터 나에게 위임된 이 지방의 안전에 관한 문제인 이상 나는 이만큼 큰 책임을 스스로 질 수는 없는 것입니다. 그러므로 나는 마을 안에서 적의 포위를 기다렸다가, 적이 습격해 오면 포화의 힘으로 대항하고, 그리고 가능한 경우에는 불의의 습격을 감행해서 적을 격퇴하는 것이 가장 현명하고 또한 안전하다고 말한 대다수의 의견에 찬성하는 바입니다."

　이번에는 관리들이 조소의 눈빛으로 나를 보았다. 회의는 끝났다. 자기의 신념을 버리고 지식도 경험도 없는 사람들의 의견에 따르기로 결정한, 이 존경할 만한 군인이 보여준 소극적인 태도를 나는 분하게 생각하지 않을 수 없었다.

　이 바람직하지 못한 회의가 있은 지 며칠 후 푸가초프가 자신의 약속을 충실히 지켜 오렌부르그에 접근해 온 것을 우리들은 알았다. 나는 높은 성벽 위에서 폭도의 군대를 자세히 보았다. 그들의 군세(軍勢)는 내가 목격했던 최후의 습격 때와 비교하면 열 배나 증가한 것같이 생각됐다. 그들은 푸가초프에 의해서 정복된 몇 개의 작은 요새에서 노획한 대포도 가지고 있었다. 회의의 결정을 상기하며 오렌부르그 성벽 안에서의 감금이 장기간 계속되리라는 것을 예견하고 너무나 분해서 울고 싶을 정도였다.

오렌부르그의 포위에 대해서 말하지는 않겠다. 그것은 역사에 속하는 것이지, 이 개인적인 수기와는 관계가 없기 때문이다. 간단히 말해서 이 지방 관헌의 부주의가 굶주림과 모든 가는을 견디어 낸 주민들을 죽음으로 몰아넣었다는 것만을 말해 두었다. 오렌부르그의 생활이 극히 견디기 어려웠다는 것은 쉽게 상실할 수 있는 일이다. 누구 할 것 없이 모두가 암담한 마음으로 자기의 운명이 결정되기를 기다리고 있었고, 폭등하는 물가 때문에 숨이 막힐 지경이었다. 주민들은 뜰 앞에까지 날아오는 탄환에도 별로 놀라지 않았고, 푸가초프의 습격도 관심을 끌지 못하였다. 나는 너무나 권태로워 죽을 것만 같았다.

시간은 흘러갔다. 벨로고르스크 요새로부터는 아무런 소식도 받지 못했다. 거기로 통하는 길은 모조리 차단되어 있었던 것이다. 마리아 이바노브나와 서로 떨어져 있는 일이 나에게는 견딜 수 없게 되었다. 그녀의 안부를 몰라 답답하고 괴로웠다. 나의 단 한 가지 위로는 말을 타고 출격하는 일이었다. 푸가초프의 호의로 나는 좋은 말을 타고 매일같이 마을 밖으로 나가, 푸가초프의 유격병(遊擊兵)과 교전을 하게 되었다.

이 총격전에서는 배불리 처먹고, 술에 얼근히 취한 데다 좋은 말을 가지고 있는 악당들에게 승산이 있었다. 먹지 못해 말라빠진 아군의 기병대로는 그들을 섬멸시킬 수가 없었다. 때로는 아군의 굶주린 보병이 출격하는 일도 있었다. 그러나 깊이 쌓인 눈 때문에, 흩어진 적의 유격기병에 대해서 효과적으로 행동하지를 못했다. 포병대는 높은 성채에서 부질없이 포성만 울릴 뿐이었고, 들판으로 나가면 말이 지쳐 있기 때문에 말이 진흙 속에 빠져 꼼짝달싹도 하지 못했다. 우리들의 군사 행동이란 이런 꼴이었다! 오렌부르그의 관리들이 주장한 신중하고 현명한 방책이 바로 이런 것이었다.

어느 날, 간신히 이리저리 꽤 많은 숫자의 밀접부대를 격퇴시킬 수가 있었을 때, 나는 미처 도망치지 못한 한 사람의 카자흐에게 덤벼들었다. 내가 반월도(半月刀)를 휘둘러 내리치려고 하자, 갑자기 그 사내가 모자를 벗으면서 외쳤다.

"안녕하십니까, 표트르 안드레비치! 어떻게 지내셨습니까?"

바라보니 예의 그 카자흐 하사관이라는 것을 알았다. 나는 그를 만나게 된 것이 이루 헤아릴 수 없이 기뻤다.

"잘 있었느냐, 마크시므이치."

나는 그에게 말했다.

"벨로고르스크 요새에 온 지 오래 되었느냐?"

"최근입니다, 표트르 안드레비치. 어제 이리로 돌아왔습니다. 당신에게 전할 편지가 있습니다."

"어디 있느냐?"

나는 몸이 화끈 달아오르는 것을 느끼며 외쳤다.

"여기 있습니다."

마크시므이치는 한 손을 호주머니에 가져가면서 대답했다.

"나는 파라시카에게 꼭 당신에게 전하겠다고 약속했습니다."

이렇게 말하면서 그는 차곡차곡 접은 종이쪽지를 내게 건네자 마자, 곧 말을 달려 가버렸다. 나는 그 종이를 펼쳐 두근거리는 가슴으로 다음과 같은 글을 읽었다.

하느님의 뜻으로 저는 한꺼번에 부모를 잃었습니다. 이 세상에는 친척도 없고 의지할 분도 없습니다. 당신이 항상 제 행복을 빌고 계셨다는 것과, 또 누구라도 남을 도울 수 있는 분이라는 것을 알고 있기 때문에 당신에게 의지하려 합니다. 이 편지가 꼭 당신에게 전해지기를 하느님께 기도하고 있습니다. 마크시므이치 는 편지를 당신에게 전해 주겠다고 약속해 주었습니다. 파라시카가 또 마크시므 이치로부터 들은 바에 의하면, 마크시므이치가 출격할 때마다 멀리서나마 당신 을 발견한다고 하며 당신은 조금도 몸을 소중히 하지 않고, 당신을 위해서 눈물 과 함께 기도드리고 있는 사람 따위는 생각하고 있지 않는 것 같다는 것입니다.

저는 오랫동안 병석에 누워 있다가 완쾌되자, 죽은 아버지 대신에 이곳의 사령 관을 맡고 있는 알렉세이 이바느이치가 푸가초프의 명령이라고 하면서 게라심 신부를 위협하여 나를 억지로 인도해 갔습니다. 나는 전에 살던 집에서 감시를 받으며 지내고 있습니다.

알렉세이 이바느이치는 내게 결혼을 강요하고 있습니다. 그는 자기가 저의 생 명의 은인이라 하고 있습니다. 그렇게 말하는 이유는 아크리나 밤필로브나가 저를 조카라고 악당들에게 말했을 때, 모른 체하고 눈감아 주었다고 하는 것입 니다. 하지만 알렉세이 이바느이치 같은 사람의 아내가 되느니, 차라리 죽는 것 이 낫습니다. 그 사람은 저에게 잔혹하게 대하면서 마음을 돌려 찬성하지 않으 면 저를 악당의 진지로 데려가겠다고 위협하는 것입니다. '당신도 저 리자베타 할로프와 똑같은 일을 당하게 되는 거야.' 하고 말하는 것입니다. 저는 알렉세 이 이바느이치에게 생각할 여유를 달라고 부탁했습니다. 그는 사흘만 기다리겠 다고 승낙했습니다. 하지만 사흘 후에 아내가 되어 주지 않는다면 이제 절대로 용서하지 않겠다고 말합니다.

표트르 안드레비치님! 믿고 의지할 곳은 오직 당신밖에 없습니다. 불쌍한 저를 구해 주세요. 장군님을 비롯해서 여러 지휘관님께 한시라도 바삐 원군을 보내 주도록 부탁해 주세요. 그리고 가능하시면 당신이 직접 와 주세요.

당신의 온순하고 불쌍한 고아로부터.

— 마리아 미로노바

이 편지를 다 읽고 나는 미칠 것만 같았다. 나는 애꿎은 말 잔등에 사정없이 말채찍을 갈기면서 말을 달려 마을로 돌아왔다. 돌아오는 길에 불쌍한 아가씨를 구출해 낼 방법을 이리저리 생각해 봤으나, 무엇 한 가지 신통한 방법이 떠오르지 않았다.

마을로 들어오자 나는 곧바로 장군에게 허겁지겁 뛰어갔다.

장군은 해포석(海砲石)의 파이프를 입에 물고 방안을 이리저리 거닐고 있었다. 나를 보더니 그 자리에 멈춰섰다. 아마도 내 표정이 그를 놀라게 했었으리라. 그는 근심스런 얼굴로 내가 허겁지겁 찾아온 이유를 물었다.

"각하."

나는 말했다.

"친부모에게 매달리듯 각하에게 매달리려고 왔습니다. 아무쪼록 제 청원을 들어 주십시오. 저의 일생에 관계되는 문젭니다."

"어떻게 된 거지, 자네?"

장군은 깜짝 놀라며 물었다.

"내가 자네를 위해 무슨 일을 해줄 수 있겠나? 말해 보게."

"각하, 저에게 병사 1개 중대와 카자흐 50명을 붙여 주십시오. 그리고 멜로고르스키 요새의 소탕을 명령해 주십시오."

장군은 나를 물끄러미 쳐다보고 있었다. 아마 내가 미쳤다고 생각했으리라(그렇게 생각하는 것이 당연하겠지만).

"어떻게? 벨로고르스크 요새를 소탕한다는 겐가?"

그는 겨우 이렇게 말했다.

"꼭 성공시켜 보겠습니다."

나는 열띤 목소리로 말했다.

"여하튼 저를 보내 주십시오."

"안 돼."

그는 고개를 저으며 말했다.

"그렇게 먼 거리니까, 적으로서도 자네들과 주요 전략 거점과의 연락을 차단하는 것은 쉬운 일이 될 걸세. 그렇게 되면 적은 손쉽게 자네들을 완전히 소탕하게 될 거야. 연락이 끊어진다는 것은……."

나는 장군이 전술론에 열중하기 시작하는 것을 보고 당황해서 급히 그의 말을 가로막았다.

"미로노프 대위의 딸이……."

나는 그에게 말했다.

"저에게 편지를 보냈습니다. 구원을 요청해 온 것입니다. 슈바브린이 지금 그녀에게 결혼을 강요하고 있는 모양입니다."

"그게 정말인가? 아아, 그 슈바브린이란 놈은 매우 교활한 악당이로군. 만약 내 손에 잡히기만 하면 24시간 내에 처단하라고 명령하겠다. 그리고 요새의 성벽 위에서 총살해 버리겠어! 하지만 지금은 참지 않으면 안 돼……."

"참으라고요!"

나는 무의식중에 소리쳤다.

"참고 있는 사이 놈은 마리아 이바노브나하고 결혼해 버립니다……."

"아니야!"

장군은 반론을 폈다.

"그것은 그리 대단한 일이 아니야. 지금은 슈바브린의 아내가 되는 것이 좋아. 놈이 지금 그 아가씨를 보호해 줄 수가 있으니까. 그리고 놈이 총살되면, 하느님의 도움으로 좋은 신랑감을 발견할 수 있을 거야. 아름답고 젊은 과부가 언제까지나 혼자서 사는 법은 없다네. 즉 젊은 과부는 숫처녀보다 빨리 남편을 얻는다는 뜻이지."

"그 사람을 슈바브린에게 빼앗기느니 차라리 죽는 편이 낫습니다."

나는 흥분해서 말했다.

"그만, 그만!"

장군은 말했다.

"이제야 알겠군. 자네는 그 마리아 이바노브나에게 홀딱 반해 버린 모양이지. 아아, 그렇다면 얘기는 다르지! 불쌍하군! 그래도 도저히 자네에게 병사 1개 중대와 카자흐 50명을 붙여 줄 수는 없어. 이 원정은 무모하기 짝이 없기 때문일세. 나는 이 원정에 대한 책임을 질 수 없어."

나는 고개를 떨구었다. 절망이 나를 사로잡았다. 문득 내 머릿속에 어떤 생각이 번뜩했다.

그것은 무슨 생각이었던가? 옛날 소설가의 말을 빌려, 독자는 다음 장에서 그것을 알게 될 것이다.

제11장 반란의 소굴

사자는 천성이 사나운 짐승, 배가 잔뜩 부르더라도,
"내 동굴에 무슨 용건이라고?" 상냥하게 그는 물었습니다.
-A. 수마로코프-

나는 장군과 헤어지자, 내 숙소로 급히 돌아왔다. 사베리치는 나를 맞아들이기가 무섭게 항상 그 버릇대로 잔소리를 늘어 놓았다.

"나으리는 제멋대로군요. 주정뱅이 도적놈들하고 언제까지 관계를 맺으려고 하는 겁니까? 그것이 귀족으로서 할 일입니까? 무슨 일이 생길지 알게 뭡니까? 쓸데없는 일로 목숨을 잃어서는 안 됩니다. 상대가 터키나 스웨덴이라면 또 몰라도, 그 입에 올리기조차 더러운 놈들하고는."

나는 그의 얘기를 가로채고 내 돈이 모두 얼마나 되느냐고 물었다.

"넉넉합니다."

그는 자랑스러운 듯이 대답했다.

"사기꾼들이 거기서 이리저리 꽤나 뒤졌지만, 그래도 전 감쪽같이 숨겨 놓았습니다."

그렇게 말하면서 그는 호주머니에서 은화(銀貨)가 가득히 들어 있는 길쭉한 지갑을 꺼냈다.

"이봐, 사베리치."

나는 그에게 말했다.

"거기서 반만 내게 주지 않겠나? 나머지는 네가 갖도록 해. 나는 벨로고르스크 요새에 좀 가봐야겠어."

"표트르 안드레비치 나으리!"

선량한 사베리치는 떨리는 목소리로 말했다.

"하느님을 두려워하십시오. 강도놈들이 어딜 가나 길을 막고 있는 이판에 어째서 길을 떠나려 하십니까! 자신의 목숨이 아깝지 않다 해도, 부모님 생각도 좀 하셔야지요. 어디로 간다는 겁니까? 왜 그렇습니까? 조금만 더 참으십시오. 군대가 오면 사기꾼들은 모조리 붙잡힙니다. 그때는 어디든지 가고 싶은 대로 가십시오."

그러나 나의 생각은 일단 결정된 이상 움직일 수 없었다.

"이러쿵저러쿵 말하고 있을 때가 아냐."

나는 노인에게 대답했다.

"나는 가지 않으면 안 돼. 가지 않고는 못 배기는 거야. 걱정하지 마, 사베리치. 하느님께선 자비로우시니까. 다시 만날 수 있어! 알았지? 양심에 부끄러워 할 것도 없고 인색하게 굴지도 말아요. 필요한 것이 있으면 값이 비싸더라도 사도록 해요. 나머지 돈은 주는 거니까. 만일 사흘이 지나도 내가 돌아오지 않거든……."

"무슨 말씀을 하시는 겁니까, 나으리!"

사베리치는 내 얘기를 가로막았다.

"내가 나으리를 혼자 가게 내버려 두겠습니까? 꿈에라도 그런 말씀을 하지 마십시오. 당신께서 아무래도 가실 작정이시라면 전 걸어서라도 따라가겠습니다. 나으리와 떨어지지 않겠습니다. 그렇지 않으면 제가 미치기라도 했다는 겁니까? 당신 좋으실 대로 하십시오. 나으리, 하지만 저는 당신과 떨어지지 않을 테니까요."

나는 사베리치와 다투어 봐야 소용없다는 것을 알고 있었기 때문에, 그에게도 길 떠날 채비를 준비시켰다.

반 시간 후에 나는 내 좋은 말을 타고 사베리치는 말라빠진 절름발이 말을 탔다. 주민 한 사람이 말에 먹일 사료가 없어 그에게 거저 준 것이었다.

우리들은 성문에 도착했다. 보초는 우리들을 통과시켜 주었다. 오렌부르그를 빠져나온 것이다.

날이 어두워지기 시작했다. 내가 택한 길은 푸가초프의 은신처가 있는 벨다 마을을 끼고 있었다. 쭉 뻗은 길은 눈에 파묻혀 있었다. 그러나 초원에는 여기저기 새로 찍힌 말발굽 자국이 나 있었다.

나는 빠른 속도로 말을 몰아 앞으로 나아가고 있었다. 사베리치는 멀리 뒤떨어져 따라오며 나에게 쉴새없이 외치고 있었다.

"좀더 천천히 가십시오, 나으리. 제발 천천히, 제가 감당하지 못하는 말라빠진 말로 나으리의 빠른 말을 도저히 따라갈 수가 없습니다. 어디를 그렇게 서둘러 가는 겁니까? 술판에라도 가는 거라면 몰라도, 잘못하면 당장에라도 큰 봉변을 당할지도 모릅니다……. 표트르 안드레비치! 표트르 안드레비치 나으리! 살려 주십시오! 아아, 하느님, 주인집 도련님이 죽게 되었습니다!'

얼마 후에 벨다의 불빛이 보이기 시작했다. 우리들은 마을의 자연적인 요새를 이루고 있는 골짜기로 들어섰다. 사베리치는 쉴새없이 애원하는 기도를 외면서 나를 바짝 따라오고 있었다.

나는 이 마을을 무사하게 우회할 수 있기를 바랐다. 그러나 그 순간 내 바로 앞의 어둠 속에 몽둥이로 무장한 너댓 명의 농부가 나타났다. 그것은 푸가초프가 은신하고 있는 곳의 전초(前哨)였던 것이다. 우리들을 향해서 정지 명령을 내렸다. 암호를 몰랐기 때문에 잠자코 그 옆을 빠져나가려 했다. 그러나 그들은 순식간에 나를 둘러쌌으며, 그 중 한 사람은 내 말의 고삐를 붙잡았다. 나는 칼을 뽑아 농부의 머리를 내리쳤다.

모자 덕택으로 죽지는 않았지만 그는 비틀거리면서 고삐를 놨다. 나머지 놈들도 겁에 질려 도망쳤다. 나는 그 틈을 타 말 옆구리에 박차를 가해서 날쌔게 말을 달렸다. 다가오는 밤의 암흑으로, 나는 위협으로부터 완전히 벗어났다고 생각했는데 문득 뒤를 돌아보니 사베리치가 보이지 않았다. 가엾은 노인은 절름발이 말을 타고 있었기 때문에 강도들로부터 도망칠 수 없었던 것이다. 어찌하면 좋을까? 잠시 그를 기다리고 있다가 그가 붙잡힌 것이 틀림없다고 생각하고 나는 말머리를 돌려 그를 구출하기 위해 달려갔다.

골짜기가 가까와지자, 멀리서 뭔가 부딪히는 소리, 외치는 소리에다 사베리치의 목소리가 섞여 들려 왔다. 나는 급히 달려가 조금 전에 나를 정지시켰던 전초병인 농부들 앞에 모습을 나타냈다.

사베리치는 농부들에 둘러싸여 있었다. 농부들은 그를 절름발이 말에서 끌어내려 밧줄로 묶으려고 하는 참이었다. 내가 되돌아온 것을 보고 그들은 기뻐했다.

그들은 소리를 지르면서 내게 덤벼들어 순식간에 나를 말에서 끌어내렸다. 그들 가운데 우두머리 같은 한 사내가 우리들을 곧 폐하의 어전으로 끌고 가겠노라고 선언했다.

"폐하는……."

그는 말하기 시작했다.

"당장에 목을 매달라고 하든가, 그렇잖으면 날이 밝을 때까지 기다리라고 하든가, 마음대로 처리하실 거야."

나는 반항하지 않았다. 사베리치도 내가 하는 대로 했다. 그리고 초병들은 의기양양하게 우리들을 연행해 갔다.

우리들은 골짜기를 넘어 마을로 들어갔다. 농부가 살고 있는 집마다 불이 켜져 있었고, 가는 곳마다 떠드는 소리와 외치는 소리가 메아리치고 있었다.

한길에서 나는 많은 사람들과 마주쳤지만, 어둠 때문에 누구도 나를 눈치채지 못하고, 내가 오렌부르그에서 온 장교라는 것을 알지 못했다. 우리들은 곧장 네거리 구석에 있는 농가로 끌려갔다. 입구에 몇 개의 술통과 대포 2문(門)이 세워져 있었다.

"여기가 궁전이다."

농부 하나가 말했다.

"즉각 너희들에 관한 것을 보고하고 오겠다."

그는 농가 안으로 들어갔다. 나는 사베리치를 돌아보았다. 노인은 기도문을 외면서 가슴에 성호를 긋고 있었다. 꽤 오랫동안 기다리게 한 후에야 겨우 농부가 돌아오더니 내게 말했다.

"가자, 폐하는 장교를 안으로 데려오라고 말씀하신다."

나는 농가, 즉 농부가 말하는 궁전 안으로 들어갔다. 두 개의 촛불이 방안을 비추고 있었으며, 벽에는 금빛이 나는 종이가 발라져 있었다. 의자, 테이블, 밧줄로 매달아 놓은 세면기, 못에 걸어 놓은 수건, 구석에 있는 부젓가락, 항아리가 나란히 놓여 있는 벽난로 앞의 넓은 선반 따위가 모두 보통의 농가와 다름이 없었다.

푸가초프는 빨간 옷을 입고 높다란 모자를 썼으며 성상(聖像) 앞에 거만스레 두 손을 허리에 대고 앉아 있었다. 좌우에는 한 패 가운데서도 주요 인물들이 몇 사람 서서 과장된 비굴한 표정을 짓고 있었다. 오렌부르 그에서 장교가 왔다는 소식이 폭도들의 호기심을 몹시 자극시켜, 나를 장엄한 분위기 속에서 맞이하려고 했던 것이 분명했다.

푸가초프는 첫눈에 나를 알아보았다. 거짓으로 꾸민 그의 위세는 순식간에 사라져 버렸다.

"아아, 난 누구라고, 친구!'

그는 나에게 활기 있는 목소리로 말했다.

"어떻게 지냈어? 무슨 일로 여기에 왔지?'

나는 개인적인 용무로 이곳을 지나가다가 그의 부하에게 저지당했다고 대답했다.

"그건 어떤 용무인가?'

그는 내게 물었다. 나는 어떻게 대답을 해야 할지 몰랐다. 푸가초프는 내가 다른 사람이 옆에 앉아 있어 말하기를 꺼려하는 줄 알고 그들에게 몸을 돌리더니 밖으로 나가라고 명령했다. 모두 그 명령에 복종했지만, 두 사람만은 그 자리에서 움직이지 않았다.

"이 사람들은 상관없으니 어서 얘기하게."

푸가초프는 내게 말했다.

"나도 이들에게는 아무것도 숨기지 않네."

나는 자칭 황제의 마음에 든 그들을 곁눈질해 보았다. 한 사람은 말라 빠져 허리가 구부러지고 하얀 수염을 기른 노인이었는데, 농부 외투 위에 어깨로부터 비스듬히 걸친 잿빛나는 큰 리본 이외는 이렇다 할 특징이 없었다.

그러나 그 가운데 한 사람은 평생 잊지 못할 것이다. 그는 키가 크고 몸집이 뚱뚱하며, 어깨가 넓은 마흔다섯쯤 돼 보이는 사내였다. 수북하고 불그스레한 수염, 잿빛의 번득이는 눈, 찢어져서 구멍이 없어진 코, 이마와 양쪽 볼이 불그죽죽하게 물든 얼굴 무늬가, 그 큰 곰보 얼굴에 말할 수 없이 야릇한 표정을 나타내고 있었다.

그는 루바시카 위에다 키르기즈 식의 짧은 가운을 입었고, 카자흐의 헐렁헐렁한 바지를 입고 있었다. 먼젓번 사내는(뒤에 가서 알았지만) 탈주병인 베로보로도프 하사였고, 그 다음 사내인 아파나시 소코로프(후로프샤라는 별명을 가지고 있었다)는 세 번이나 시베리아의 광산을 탈주한 유형수(流刑囚)였다.

내 가슴은 여러 가지 감정으로 파도치고 있었지만, 내가 이렇게 해서 뜻밖의 개입을 하게 된, 이 사회는 나의 상상력을 맹렬하게 자극했다. 그러나 푸가초프의 질문에 나는 제정신으로 돌아왔다.

"자, 말해 보게, 어떤 용무로 오렌부르그를 빠져 나왔지?"

한 가지 기묘한 생각이 내 머리에 떠올랐다. 나를 다시 푸가초프에게 인도한 하느님의 섭리가 나의 계획을 실현할 수 있는 기회를 내게 주신 거라고 생각했던 것이다. 나는 이 기회를 이용하기로 결심했으며 그 결심을 바꿀 틈도 없이 푸가초프의 질문에 대답했다.

"나는 잔혹한 일을 당하고 있는 고아를 구출하러 벨로고르스크 요새로 가는 길이었습니다."

푸가초프의 눈은 번쩍번쩍 빛나고 있었다.

"내 어느 부하가 고아 따위를 괴롭히고 있느냐?"

하고 그는 소리쳤다.

"제 아무리 교활해도 나의 심판을 면치 못할 것이다. 말해 보게, 그 나쁜 놈이 누구냐?"

"나쁜 놈은 슈바브린입니다."

하고 나는 대답했다.

"당신이 신부댁에서 보신 병석에 누워있던 아가씨를 감금해서 억지로 결혼을 하려고 합니다."

"슈바브린, 이놈, 내가 혼내 주겠다."

무서운 말투로 푸가초프가 말했다.

"내 밑에서 제멋대로 행동을 하든가, 백성을 괴롭히면 어떻게 되는가를 깨닫게 해줄 테다. 그놈의 목을 매달겠다."

"황공합니다만, 한 말씀."

후로프샤가 목쉰 소리로 말했다.

"당신은 슈바브린을 요새의 사령관으로 임명하는 일을 너무 급히 서둘렀지만 지금 목을 매다는 것도 너무 빠릅니다. 이미 귀족출신인 그자를 카자흐의 대장으로 앉혀 놓고, 카자흐들의 기분을 상하게 했습니다. 한 번의 비방으로 귀족을 처형해서 귀족에게 겁을 집어먹도록 하지 않는 편이 좋을 것입니다."

"귀족 따위는 동정할 것도, 귀여워해 줄 것도 없어!"

잿빛의 리본을 부착한 노인은 말했다.

"슈바브린을 사형에 처한다고 해도 그리 대단한 일은 아닙니다. 하지만 순서에 따라 이 장교를 취조하는 것도 좋을 것 같습니다. 어떤 이유로 오게 되었는가를 말입니다. 만약에 이 사람이 당신을 황제로 인정하지 않으면, 재판에 붙이는 일은 아무것도 아니지만, 만일에 인정한다면 지금까지 적의 편을 들어 오렌부르그에 어째서 주저앉아 있었는가, 그것이 문제가 됩니다. 이 사람을 관청으로 연행하여 사실을 밝히도록 명령하시는 것이 어떻습니까? 아무래도 오렌부르그의 대장들이 이 사람을 우리 편으로 잠입시키지 않았나 하는 기분이 듭니다."

이 늙은 악당의 논리는 꽤 이치에 맞는 거라고 생각되었다. 내가 누구의 수중에 있는가를 생각하자, 온몸에 소름이 끼쳤다. 푸가초프는 내가 당황하고 있는 것을 눈치챘다.

"어떤가, 자네는?"

그는 내게 눈짓하며 말했다.

"우리 원수(元帥)의 말도 일리가 있는 것 같은데. 어떻게 생각해?"

푸가초프의 비웃음이 나에게 활기를 되찾아 주었다. 나는 얌전하게 그의 수중에 있는 몸이므로 좋을 대로 해달라고 대답했다.

"좋아."

하고 푸가초프는 말했다.

"그럼 말해 주게, 자네의 마을 상태는 어떤가?"

"덕택으로 만사가 순조롭습니다."

"순조롭다고?"

푸가초프는 이렇게 되풀이했다.

"하지만, 백성은 굶어 죽고 있지 않느냐!'

자칭 황제가 하는 말은 사실이었다. 그러나 나는 충성에 대한 선서의 의무에 따라, 그것은 모두 근거 없는 뜬소문이며, 오렌부르그에는 모든 물자가 충분히 비축이 돼 있다고 단언하기 시작했다.

"보십시오."

노인이 내 말을 떠맡아서 말했다.

"당신에게 거짓말을 하고 있는 것입니다. 탈주해 온 사람들은 모두 입을 모아, 오렌부르그는 굶주림과 질병 투성이고, 시체까지 먹으면서 그거나마 고맙게 여기고 있다는 보고를 했습니다. 그런데도 이 사람은 뭣이든 충분하다고 이치에 맞지도 않는 말로 얼버무리려고 합니다. 만일 슈바브린을 교수형에 처하고 싶으시다면 이 젊은이도 함께 교수대에 매달아 버리십시오. 아무도 앙심을 품지 않도록 말입니다."

이 저주스런 노인의 말이 푸가초프를 움직이게 했던 것 같다. 다행히도 후로프샤가 그 말에 반대하였다.

"이제 그만해 둬, 나우므이치."

하고 그는 말했다.

"자네는 항상 사람을 목 매달고 베어 버리는 일을 좋아해. 대단한 호걸이군? 겉보기엔 살아 있는 것도 신기할 정도인데 말이야. 자기도 관 속에 한 발을 쑤셔 넣고 있는 주제에, 남을 죽이자고 말하니 말이야. 자네의 양심에는 혹시 피가 모자라는 게 아냐?'

"자네는 어찌 그리 성인(聖人)인 체하는가?'

라며 베로보로도프는 말을 되받았다.

"자네는 어디서 그런 동점심이 나오는 건가?'

"그거야 보다시피"

후로프샤는 대답했다.

"그야 나는 죄많은 사내지(여기서 그는 자기의 뼈가 많이 나타나 보이는 주먹을 불끈 쥐고는 소매를 걷어 올려 털투성이 팔을 드러냈다). 이 손만 해도 그리스도 교도의 피를 뒤집어쓴 죄과는 있지. 하지만 나는 적을 죽이긴 했어도 찾아온 손님을 죽인 일은 없어. 빠져나가기가 손쉬운 네거리나, 어두운 수풀 속에서 죽인 일은 있어도 벽난로를 쬐며 방안에서 죽이진 않았어. 쇠뭉치가 달린 몽둥이나 도끼로 죽인 일은 있어도 계집애처럼 주둥이를 놀려서 죽인 일은 없어."

노인은 얼굴을 돌리고는,

"콧구멍이 막힌 놈!"

이라고 웅얼거렸다.

"뭐라고 중얼거렸어, 이 늙은이야!"

후로프샤는 고함을 쳤다.

"너도 콧구멍을 찌그러 놓겠다. 두고 봐라, 네 차례가 오면 하느님의 선심으로 불에 달군 인두 냄새를 맡게 될 테니……. 하지만 지금은 너의 빈약한 수염이 뽑히지 않게 조심이나 해!"

"이봐, 장군들!"

푸가초프는 위엄있게 입을 열었다.

"이제 그만들 싸우게! 오렌부르그의 개새끼들이 한 들보에 함께 매달려서 발을 버둥거린다면 모를까, 우리 집 수컷들이 서로 으르렁거리면서 물어 뜯는 것은 볼 수 없어. 자, 화해를 해."

후로프샤와 베로보로도프는 말 한 마디 하지 않고 음울한 눈초리로 서로를 응시하고 있었다. 나는 화제를 바꿀 필요를 느꼈다. 그렇게 하지 않으면 내게 몹시 불리한 결과가 될지도 몰랐기 때문이다. 그래서 푸가초프를 향해 명랑한 표정을 지으며 말했다.

"아아, 참! 당신에게 말과 가죽외투를 받았던 일에 대해서 고맙다는 인사를 잊을 뻔했어요. 당신이 그때 친절을 베풀지 않았다면 나는 마을로 가지도 못하고 도중에 얼어 죽었을 겝니다."

내 계략은 들어맞았다. 푸가초프는 기분이 좋아졌다.

"사람이란 서로 돕고 사는 거야."

그는 눈을 깜빡거리기도 하고 가늘게 떠 보이기도 하면서 말했다.

"자, 내게 말해 주지 않겠나? 슈바브린이 괴롭히고 있는 그 아가씨하고는 어떤 관계인가? 젊은 마음은 사랑에 애를 태우고 있다는 거겠지? 응?"

"그 아가씨는 나의 약혼녀입니다."

나는 분위기가 좋아진 것을 보고 푸가초프에게 대답했다. 진실을 숨길 필요가 없다고 생각했기 때문이다.

"당신의 약혼녀라고!"

푸가초프가 외쳤다.

"어째서 미리 그렇게 말하지 않았나? 그렇다면 내가 결혼을 시켜 주지. 그리고 결혼축하연을 열기로 하세!"

그리고는 베로보로도프를 향해서 말했다.

"이봐, 원수! 나는 이 사람과 오랜 친구지간이라네. 식탁에 앉아 저녁이라도 함께 들도록 하세. 하룻밤 자고 나면 지혜도 나오는 법이야. 이 사람에 대한 문제는 내일 다시 생각하기로 하세."

나는 이 바라지도 않는 영광을 거절했으면 좋았겠지만 어찌할 수가 없었다. 이 농가의 주인 딸인 두 사람의 카자흐 아가씨가 식탁에 하얀 식탁보를 씌우고 빵과 생선국물, 포도주 그리고 맥주를 몇 병 차려 놓았다. 그리하여 나는 다시 푸가초프와 그 무서운 부하와 함께 식사를 하게 되었던 것이다.

내가 부득이하게 합석하게 된 향연은, 밤이 깊도록 계속되었다. 마침내 좌중이 술에 취해 버리고 말았다. 푸가초프는 앉아서 졸기 시작했다. 그의 부하들은 자리에서 일어서자 그를 그대로 내버려 두자고 내게 눈짓을 했다.

나는 그들과 함께 밖으로 나왔다. 후로프샤의 지시를 받은 보초들은 관청으로 쓰고 있는 농가로 나를 데리고 갔다. 거기에는 사베리치가 혼자 있었다. 나는 그와 함께 거기에 감금되고 말았다. 사베리치는 잇달아 일어나는 사건을 보고 완전히 기가 꺾였는지 내게 한 마디도 질문을 해오지 않았다. 그는 어둠 속에 몸을 눕히자, 오랫동안 한숨을 쉬며 끙끙 앓는 소리를 내더니 이윽고 코를 골기 시작했다. 나는 수심에 잠겨 밤새도록 한잠도 자지 못했다.

아침에 푸가초프의 심부름꾼이 나를 부르러 왔다. 나는 그에게로 갔다. 문 옆에는 타타르의 말을 세 필 달아 놓은 포장을 씌운 썰매가 멈춰 있었다. 한길에는 사람들이 모여 있었다. 현관에서 나는 푸가초프와 만났는데, 그는 모피외투에 키르기즈 모자를 쓴 여행 차림이었다.

어젯밤의 부하들이 그들을 에워싸고 있었다. 하인과 같은 저자세를 취하고 있었는데, 내가 어젯밤에 본 그런 태도와는 아주 거리가 먼 모습이었다. 푸가초프는 명랑한 얼굴로 내게 인사를 하고 포장을 씌운 썰매에 타라고 명령했다. 우리들은 썰매를 탔다.

"벨로고르스크 요새로 가라!"

푸가초프는 세 필의 말고삐를 쥐고 서 있는 어깨가 넓은 타타르인(人)에게 말했다. 나의 가슴은 몹시 울렁거렸다. 말이 움직이고, 작은 방울이 짤랑짤랑 소리를 내면서 썰매는 미끄러져 나갔다.

"멈춰요! 거기 멈춰요!"

너무나도 귀에 익은 목소리가 들려 왔다. 뒤돌아보니 사베리치가 이쪽으로 달려오고 있었다. 푸가초프는 말을 멈추게 했다.

"표트르 안드레비치 나으리."

사베리치가 외쳤다.

"이런 늙은이를 팽개치고 혼자 가는 법이 어디 있습니까. 그것도 이런 악……."

"아니, 이건 그 늙은이군!"

하고 푸가초프는 그에게 말했다.

"또 만나게 됐군. 마부석에 타라."

"고맙습니다, 폐하. 고맙습니다, 각하!"

사베리치는 앉으면서 얘기를 끄집어내기 시작했다.

"이 늙은 것을 보살펴 주시어 마음을 놓게 해 주신 당신이 만수무강 하시길 평생을 두고 하느님께 기도드리겠습니다. 토끼가죽 외투 얘기는 이제 입 밖에 내지 않겠습니다."

이 토끼가죽 외투 얘기는 이번이야말로 정말 푸가초프를 화나게 할 것이라고 생각했으나, 다행히도 자칭 황제가 못 알아들었는지, 어쨌든 장소를 분별하지 못한 이 풍자를 묵살해 주었던 것이다.

말은 달리기 시작했다. 사람들은 한길에 멈춰 서서 허리께까지 머리를 꾸부리고 경의를 표했다. 푸가초프는 길 양쪽을 향해 머리를 흔들면서 끄덕이고 있었다. 잠시 후에 우리들은 마을을 빠져 나와 평탄한 길을 질주해 갔다.

이때의 내 기분을 충분히 상상할 수 있을 것이다. 몇 시간 후에 나는 이미 내가 잃어 버렸다고 생각했던 그 여인과 만나게 될 것이다. 나는 우리들이 만나는 순간을 상상해 보았다. 나는 또 내 운명을 쥐고 있는 사내에 대해서도 생각했다. 이 사내하고는 기묘한 인연으로 이상한 관련이 있었다. 내 여인을 구출해 내는 일을 자청하고 나선 이 사내의 성급한 잔인성과 피에 굶주린 습성을 나는 생각해 내고 있었던 것이다.

푸가초프는 그녀가 미로노프 대위의 딸이라는 것을 몰랐다. 슈바브린은 홧김에 모든 내막을 그에게 폭로해 버릴지도 모르는 일이다. 그렇게 되면 마리아 이바노브나는 어떻게 될까? 나는 온몸에 소름이 끼치고 머리털이 곤두서는 것 같았다.

문득 푸가초프가 내게 질문을 던지게 되어 내 수심을 깨뜨렸다.

"무엇을 그렇게 생각하고 있는가?"

"어떻게 생각을 하지 않을 수 있겠습니까?"

나는 대답했다.

"나는 장교이고 귀족입니다. 어제까지는 당신을 상대로 싸웠는데, 이렇게 한 썰매에 함께 타고 있습니다. 더구나 내 일생의 행복은 모두 당신에게 달려 있으니까요."

"그게 어쨌다는 거야?"

푸가초프는 물었다.

"자네는 겁이 나는가?"

나는 이미 한 번 그에게 목숨을 구제받았으므로 그의 동정 뿐만 아니라, 원조조차도 기대하고 있노라 대답했다.

"자네 말이 옳아, 정말로 자네 말이 옳군!'

자칭 황제는 말했다.

"자네도 보았겠지만 부하들은 자네를 못마땅하게 생각하고 있어. 그 노인은 자네가 스파이라고, 고문을 해서 목을 매달아 죽이지 않으면 안 된다고 오늘 아침에도 주장하고 있었네. 하지만 난 승낙하지 않았어."

그는 여기서 말을 중단하더니 사베리치와 타타르인에게 들리지 않게 낮은 목소리로 말하는 것이었다.

"이것도 자네가 준 술 한 잔과 토끼가죽 외투를 잊지 않고 있기 때문일세. 내가 당신들의 한 패가 생각하고 있는 것처럼 잔인한 사내란 말인가?'

나는 벨로고르스크 요새의 점령 당시를 생각했었다. 그러나 그와 말다툼을 할 필요가 없었기 때문에 한 마디도 대답을 하지 않았다.

"오렌부르그에서는 나를 뭐라 말하고 있지?'

푸가초프는 잠시 침묵을 지키고 있다가 물었다.

"당신을 해치우기가 좀처럼 어렵다고 말들 하고 있습니다. 말할 것도 없는 거지요. 당신은 실력을 보여주었으니까."

자칭 황제의 얼굴에는 만족스런 자부심이 나타났다.

"그렇구말구!'

그는 기쁜 듯이 말했다.

"나는 싸움의 명수가 아닌가. 오렌부르그에서는 저 유제바의 전투를 알고 있는가? 40명의 장교가 전사하고, 네 개의 사단이 포로가 되었지. 어

떻게 생각하는가, 자네는? 프러시아 왕은 나하고 대적할 수 있겠는가?'

이 강도의 자만이 내겐 우습게 여겨졌다.

"당신 자신은 어떻게 생각합니까?"

하고 반문해 보았다.

"프레드릭 왕과 싸워 이길 수 있겠습니까?"

"저 표트르 표도로비치 말인가? 이기지 않을 턱이 있나? 자네들의 여러 장군을 나는 패배시키지 않았는가? 그 장군들은 프러시아의 임금을 패배시켰던 거야. 지금까지는 내게 승리를 가져다 주었어. 기다려 보게. 내가 모스크바로 쳐들어갈 때도 역시 운이 좋을지 몰라."

"당신은 모스크바까지 갈 작정입니까?"

자칭 황제는 잠깐 생각에 잠겼다가 낮은 소리로 말했다.

"아직은 모르겠어. 내가 가는 길은 좁아. 나도 자유롭진 못해. 부하들은 쓸데없는 변명을 늘어 놓는단 말이야. 놈들은 모두 악당들이지. 나는 그들의 동태를 살피지 않으면 안 돼, 한 번 전세가 불리해지기라도 하면 놈들은 자기들의 목 대신에 내 목을 바칠 걸세."

"바로 그겁니다!"

나는 푸가초프에게 말했다.

"그렇게 되기 전에 이쪽에서 먼저 그들과 손을 끊고 여왕 폐하의 자비심에 매달리는 편이 좋지 않을까요?"

푸가초프는 쓰디쓴 웃음을 입가에 지었다.

"헛일이야."

라고 그는 대답했다.

"이제 와서 후회해도 때는 이미 늦었어. 나를 사면해 줄 턱이 없지. 시작한 일을 계속해 나갈 수밖엔 없네. 하지만 누가 아나? 성공할지. 그리슈카 오트레피에프는 모스크바에 군림하지 않았느냐 말이야."

"하지만 그 사내의 말로를 알고 계시지 않습니까? 창 밖으로 내동댕이쳐진 후 사지가 갈기갈기 찢어지고 불에 태워져 그 재를 대포에 재워 가지고 쏘아 버리지 않았습니까?"

"이봐."

푸가초프가 뭔가 미칠 듯한 감정에 자극을 받은 것처럼 말했다.

"내 자네에게 옛날 얘기를 하나 하겠네. 내가 어릴 때, 칼뮈크인(人)의 노파한테서 들은 걸세. 어느 날 독수리가 까마귀에게 물었지. '여보게 까마귀, 자네는 이 세상에서 3백 년이나 살 수 있는데도 나는 모두 합쳐서 33년밖엔 살 수 없으니 이건 어째서 그런가?' 까마귀가 대답하기를 '그 것은 말입니다, 아저씨. 당신은 생피를 빨아 먹고, 저는 시체를 먹고 살기 때문이지요.' 독수리는 여기서 생각했다네. '그럼 나도 한 번 먹어 보세.' '좋습니다.' 독수리와 까마귀는 날아다니다가 쓰러진 말을 멀리서 발견했어. 아래로 내려와서 그 시체 위에 앉았지. 까마귀는 그 시체를 맛있게 쪼아먹기 시작했지만, 독수리는 한두 번 쪼아먹어 보고는 날개를 치더니, 까마귀에게 말했다고 하네. '나는 못먹겠어. 까마귀야, 썩은 고기를 3백 년이나 먹으니보다는, 한 번만이라도 생피를 배불리 빨아 먹는 편이 좋겠네. 그 다음에는 운명을 하늘에 맡길 뿐이야.' 라고 말이야."

"재미있군요."

나는 그에게 대답했다.

"하지만 살인과 약탈을 하면서 살아 가는 것이 내가 보기에는 시체를 쪼아 먹는 것과 다를 바 없을 것 같은데요."

푸가초프는 놀랐다는 듯이 내 얼굴을 바라보더니 아무런 대답도 하지 않았다. 두 사람 다 침묵을 지키면서 제각기 자기 생각에 잠겨 갔다. 타타르인이 구슬픈 노래를 부르기 시작했다. 사베리치는 마부석 위에 앉아 흔들거리며 꾸벅꾸벅 졸고 있었다. 썰매는 평탄한 겨울 길을 쏜살같이 달리고 있었다…….

그러자 문득 야이크 강의 험준한 기슭 위에 조그마한 마을이 눈에 들어왔다. 울타리도 종각도 보였다. 그리하여 그로부터 15분 후에 우리들은 벨로고르스크 요새로 들어갔던 것이다.

제12장 고아(孤兒)

우리들의 사과나무 위에 가지도 어린 싹도 없듯이
우리들의 새색시에게는
아버지도 어머니도 없고
시집 갈 준비를 해 줄 사람도 없고, 축복해 줄 사람마저 없구나. ― 혼례(婚禮)의 노래 ―

포장을 씌운 썰매는 사령관댁의 계단 앞에 닿았다. 사람들은 푸가초프의 방울소리를 듣고 무리를 이루어서 우리들 뒤를 달려왔다. 슈바브린은 층계에서 자칭 황제를 맞이했다. 수염을 기른 그는 카자흐인처럼 옷을 입고 있었다. 이 배신자는 비굴한 말로 자기의 반가움과 충성을 나타내면서 푸가초프가 썰매에서 내리는 것을 부축했다. 나를 보자 그는 당황했으나 곧 자세를 고치고 내게 손을 내밀면서 말했다.

"그럼 자네도 우리하고 한 패야? 진작 그렇게 되었어야 했어!"

나는 그를 외면하면서 아무 대답도 하지 않았다.

우리들이 오랫동안 친숙했던 방으로 들어서자 나는 가슴이 아팠다. 옛 사령관의 사령장(辭令狀)이 지난날의 슬픈 묘비명(墓碑銘)처럼 벽에 그대로 걸려 있었다. 푸가초프가 앉아 있는 안락의자는 전에 이반 쿠즈미치가 아내의 잔소리를 귓전에 흘려버리며 거기 앉아 꾸뻑꾸뻑 졸고 있던 바로 그 의자인 것이다.

슈바브린이 손수 보트카 술을 푸가초프에게 들고 왔다. 푸가초프는 한 잔 마시더니 나를 가리키면서 말했다.

"이 사람한테도 따라 주라."

슈바브린은 쟁반을 들고 내게로 왔으나, 나는 또 다시 그를 외면했다. 그는 마음이 요동하고 있는 것같이 보였다. 워낙 눈치가 빠른 사람이므로, 푸가초프가 자기를 못마땅하게 생각하고 있다는 것을 모를 리가 없었다.

그는 푸가초프 앞에서는 부들부들 떨면서 나를 의심스러운 눈으로 바라보는 것이었다. 푸가초프는 요새의 상황과 적군에 관한 소문 따위를 질문하다가 불쑥 물었다.

"여보게 자네, 자네는 어떤 아가씨를 감금해 놓고 있나? 한번 내게 보여주지 않겠나?'

슈바브린은 죽은 사람같이 얼굴이 창백해졌다.

"폐하."

그는 떨리는 목소리로 말했다.

"폐하, 감금한 게 아닙니다……. 그 처녀는 병이 난 것입니다……. 안방에 누워 있습니다."

"그럼 나를 그곳으로 안내해 주게."

자칭 황제는 자리에서 일어나며 말했다. 변명을 하는 것은 불가능했다. 슈바브린은 푸가초프를 마리아 이바노브나가 있는 안방으로 안내했다. 나는 그 뒤를 따라갔다.

슈바브린은 층계 위에서 발걸음을 멈췄다.

"폐하!"

그는 말했다.

"폐하는 무슨 일이든 저에게 요구하실 수 있습니다. 하지만 제 아내의 침실에 다른 사람이 들어오는 것을 허락해 주지 마십시오."

나는 몸이 후들후들 떨렸다.

"그렇다면 자네는 결혼했다는 말이지!"

라고 나는 슈바브린을 갈기갈기 찢어 죽일 것 같은 기세로 말했다.

"조용히들 해!"

푸가초프가 내 말을 가로챘다.

"자네가 알 바 아냐. 그런데 자네 말이지만."

그는 슈바브린 쪽으로 몸을 돌리고 말을 계속했다.

"머리 쓰지 말게. 거드름도 통하지 않아. 자네의 아내든 아니든 나는 내가 원하는 사람은, 데리고 들어갈 뿐이야. 자, 친구 나를 따라오시오."

방문 앞에서 슈바브린은 다시 멈춰서더니 띄엄띄엄 말을 했다.

"폐하, 미리 말씀드리지만, 그 여자는 알콜 중독증에 시달리는 사람처럼 의식이 혼미하여, 사흘 째 줄곧 헛소리를 하고 있습니다."

"문이나 열어!"

푸가초프는 말했다.

슈바브린은 자기 호주머니를 뒤지더니 열쇠를 가져오지 않았다고 말했다. 푸가초프가 발로 문을 차자 자물쇠가 떨어지고 문이 열렸다. 우리들은 방 안으로 들어갔다.

나는 방안의 광경을 보고 정신이 멍해져 버렸다. 마루 위에 걸레쪽 같은 농부의 누더기 옷을 입고, 마리아 이바노브나가 상백한 일골로 립서 여윈 모습으로 머리를 풀어 헤치고 앉아 있었다. 그녀 앞에는 물그릇과 빵조각이 하나 놓여 있었다. 나를 보자 몸을 떨면서 소리를 질렀다. 그때 나는 내가 어떻게 했는지 아무런 기억도 나지 않는다.

푸가초프는 슈바브린 쪽을 보고 쓰디쓴 비웃음을 지으며 말했다.

"자네 집 병실은 참 훌륭하군!"

그리고는 마리아 이바노브나에게 다가가서,

"이봐요, 아가씨. 당신 남편은 어째서 이런 벌을 주는 게지? 남편한테 무슨 죄를 저질렀지?"

"내 남편이라고요!"

그녀는 되뇌며 말했다.

"저 사람은 내 남편이 아니에요. 저는 절대로 저 사람의 아내가 되지 않을 테에요! 저는 차라리 죽어 버릴 작정이었어요. 만약 제가 구출되지 않으면 죽어 버리겠어요."

푸가초프는 눈을 부릅뜨고 슈바브린을 노려보았다.

"네가 감히 나를 속여?"

그는 말했다.

"이 망나니 같은 놈, 네게 어떤 벌을 줄까?"

슈바브린은 무릎을 꿇었……

이 순간 그에 대한 경멸이 내 마음속에 있던 증오와 분노를 마비시켜 버렸다. 나는 몹시 메스꺼운 마음으로 탈주한 카자흐의 발 아래 엎드려서 탄원하고 있는 귀족의 모습을 바라보고 있었다. 푸가초프의 분노는 누그러졌다.

"이번만은 용서해 주겠다."

그는 슈바브린에게 말했다.

"그러나 앞으로 다시 죄를 범하면 이번 일도 합쳐서 벌을 줄 테니 그리 알게."

그리고는 마리아 이바노브나를 돌아보며 다정하게 말했다.

"어서 나와요. 아름다운 아가씨, 자유의 몸으로 해줄 테니. 나는 황제야."

마리아 이바노브나는 순간적으로 그를 훑어보고, 자기 앞에 서 있는 사람이 그녀의 부모를 죽인 사내란 것을 알아챘다. 그녀는 두 손으로 얼굴을 가리며 정신을 잃고 쓰러졌다. 나는 그녀에게 달려들었으나 이때, 나하고 오랫동안 친숙했던 파라시카가 용감하게 사람을 헤치고 안으로 들어와 아가씨를 간호하기 시작했다. 푸가초프가 방에서 나갔기 때문에 우리 세 사람은 응접실로 갔다.

"어떤가, 친구."

푸가초프가 웃는 얼굴로 말했다.

"아름다운 아가씨를 구출해 냈군! 어떻게 생각하나? 신부라도 오게 해서 조카의 결혼식을 올리게 하면 어떤가? 내가 대신 대부 노릇을 하고, 슈바브린에게 들러리를 서 달라고 하세. 돌아가는 데 신경을 쓰지 말고 한바탕 마셔 보세."

내가 두려워하고 있던 일이 마침내 일어나고야 말았다. 슈바브린은 푸가초프의 제안을 듣고 제정신을 잃고 말았던 것이다.

"폐하!"

그는 미친듯이 외쳤다.

"제가 나빴습니다. 저는 폐하께 거짓말을 했습니다. 하지만 저 처녀는 신부의 조카가 아닙니다. 저 처녀는 이 요새를 점령할 때 처형된 이반 미로노프의 딸입니다."

푸가초프는 불같이 부리부리한 눈으로 나를 응시하고 있었다.

"이건 또 어찌된 거야?"

그는 의아한 표정으로 내게 물었다.

"슈바브린이 한 말은 사실입니다."

나는 서슴없이 대답했다.

"자네는 왜 그것을 내게 말하지 않았어?"

라고 푸가초프는 말했지만 그의 얼굴에는 어두운 표정이 떠올랐다.

"당신도 생각해 보십시오."

나는 그에게 대답했다.

"미로노프의 딸이 살아 있노라고 당신 부하들 앞에서 말할 수 있겠습니까? 그렇게 했더라면 그녀를 잡아 죽였을 겁니다. 어차피 그녀를 구출할 수는 없는 겁니다!"

"그건 옳은 말일세."

푸가초프는 웃으면서 말했다.

"주정뱅이 부하들이 가엾은 아가씨를 살려 둘 리가 없지. 신부의 아내도 그들을 속여서 좋은 일을 했군."

"제 말을 들어 주십시오."

나는 그가 기분이 좋아진 것을 보고 말을 이었다.

"당신을 어떻게 부르면 좋을지 모르겠습니다. 또 알고 싶지도 않습니다……. 하지만 당신이 저에게 베푸신 은혜에 보답하기 위해서라면, 저는 목숨이라도 기꺼이 바칠 각오를 하고 있습니다. 다만 저의 명예와 그리스도 인의 양심에 위배되는 일은 요구하지 말아 주십시오. 당신은 제 은인입니다. 이왕 봐 주시는 김에 끝까지 도와 주십시오. 저와 그 가엾은 고아를 하느님이 인도하시는 곳으로 가게 해 주십시오. 우리들은 당신이 어디에 계시든, 또 당신에게 무슨 일이 일어나든, 매일같이 당신의 죄많은 영혼이 구원받도록 빌겠습니다……"

푸가초프의 거친 영혼도 이 말엔 다소 감동된 것 같았다.

"그건 고맙네. 당신 마음대로 하게!"

그는 말했다.

"사형에 처할 사람은 사형에 처하고, 용서할 사람은 용서해 주는 거야. 그것이 나의 철칙이니까. 저 아름다운 아가씨는 자네 여인이야. 마음에 드는 곳으로 데려가게. 자네들한테 하느님의 사랑과 축복이 있기를 빌겠어!"

한편 그는 슈바브린을 향해 그의 지배하에 있는 모든 검문소와 요새의 통행증을 나한테 주라고 명령했다. 슈바브린은 완전히 넋을 잃어 화석처럼 그 자리에 멍청히 서 있었다. 푸가초프는 요새를 시찰하러 갔다. 슈바브린은 그를 따라갔지만, 나는 출발 준비를 구실로 삼아 뒤에 남았다.

나는 안방으로 달려갔다. 문이 닫혀 있었다. 나는 노크를 했다.

"누구세요?"

파라시카가 물었다. 내가 왔다고 대답하자 이번에는 마리아 이바노브나의 다정하고 가련한 목소리가 문틈으로 새어 나왔다.

"잠깐 기다려 주세요, 표트르 안드레비치. 전 지금 옷을 갈아입고 있는 중이에요. 아크리나 밤필로브나 댁으로 먼저 가 있으세요. 저도 곧 가겠어요."

나는 그녀의 말대로 게라심 신부댁으로 향했다. 신부도 그의 아내도 뛰어 나오면서 나를 맞아 주었다. 사베리치가 두 사람에게 미리 얘기를 해 놓았던 것이다.

"안녕하셨어요? 표트르 안드레비치."

신부의 아내가 말했다.

"또 만나게 되었군요. 어떻게 지내셨어요? 우리도 매일같이 당신 얘기를 했어요. 마리아 이바노브나는 당신이 없는 사이에 갖은 고초를 받았답니다. 정말로 불쌍한 애예요……. 그런데 당신, 푸가초프 따위하고 어떻게 사이가 좋아졌나요? 그놈이 당신을 죽이지 않았던 것은 무슨 이유입니까? 하지만 잘 되었어요. 그 일만은 그 악당에게 감사해야겠어요."

"이제 그만해요."

게라심 신부가 끼어들었다.

"그렇게 자기가 알고 있는 것만 수다스럽게 지껄이는 것이 아니오. 말이 많은 사람은 구원받지 못해. 표트르 안드레비치, 안녕하십니까! 어서 들어오시오. 정말 오랜만이군요."

신부의 아내는 집에 있는 음식으로 나를 대접해 주었다. 그러는 사이에도 쉴새없이 지껄이고 있었다. 그녀는 내게 슈바브린이 마리아 이바노브나를 내놓으라고 강요했던 그 수작이며, 마리아 이바노브나가 울면서 자기들과 헤어지기를 싫어했던 일이며, 마리아 이바노브나가 파라시카(빈틈없는 아가씨로 저 카자흐의 하사관도 그녀의 말을 고분고분 들었다)를 통해서 자기와 항상 연락을 취하고 있었다는 일이며, 마리아 이바노브나에게 나한테 편지를 쓰도록 권한 것도 자기들이었다는 것 등을 얘기해 주었다. 그리고 나 역시 그 동안 있었던 일에 대해서, 그들에게 이야기해 주었다.

신부와 그 아내가 속였던 일을 푸가초프가 알고 있다는 말을 들었을
때, 두 사람은 함께 가슴에다 성호를 그었다.

"하느님의 가호가 있으시기를!"

아크리나 밤필로브나가 말했다.

"하느님, 이 검은 구름을 거둬 주십시오. 정말로 말도 못할 나쁜 놈이
에요!"

마침 이때, 문이 열리고 마리아 이바노브나가 창백한 얼굴에 미소를
지으며 들어왔다. 그녀는 입고 있던 누추한 농부 옷을 벗어 버리고, 전과
마찬가지로 깨끗하고 귀여운 옷을 입고 있었다.

나는 그녀의 손을 잡은 채 오랫동안 한 마디도 하지 못했다. 주인 부부
는 자기들이 있을 자리가 아니라는 것을 눈치채고 우리들만을 남겨 놓고
나가 버렸다. 단 둘이 남았다. 모든 것을 잊고 있었다. 우리들은 끝도 없
이 얘기를 했다. 마리아 이바노브나는 요새가 함락되고 난 후 그녀가 겪
었던 일을 하나하나 빠짐없이 내게 얘기해 주었다. 그녀가 겪은 무서운
일과 비열한 슈바브린 때문에 받았던 괴로운 체험을 상세하게 얘기해 주
었다. 우리들은 행복했던 지난 일도 생각해 냈다. 우리들은 두 사람 다 울
고 있었다. 마침내 나는 내 계획을 그녀에게 설명하기 시작했다.

푸가초프의 세력하에서 슈바브린이 지배하고 있는 이 요새에 그녀가
남아 있다는 것도 도저히 있을 수 없는 일이었다. 그렇다고 해서 포위되
어 갖은 비참한 곤경을 겪고 있는 오렌부르그로 돌아갈 수도 없는 문제
였다. 그녀에게 내 부모가 살고 있는 마을로 가자고 제의했다. 그녀는 처
음에는 망설였다. 나의 아버지가 그녀에게 호의를 가지고 있지 않다는

것을 알고 있었기 때문에 그녀는 겁을 집어먹고 있었던 것이다.

나는 그녀를 달랬다. 조국을 위해서 전사한 공로 있는 군인의 딸을 받아들이는 것을 아버지가 기쁘게 여길 것이며, 또 의무라고도 생각할 거라는 것을 나는 알고 있었던 것이다.

"사랑하는 마리아 이바노브나!"

나는 나지막이 말했다.

"나는 당신을 내 아내로 생각하고 있습니다. 기이한 인연으로 우리들은 떨어질 수 없게 맺어진 것입니다. 무슨 일이 있어도 우리들을 떼어 놓지는 못할 것입니다."

마리아 이바노브나는 억지로 꾸민 수줍은 태도라든지 회피할 구실을 삼지 않고, 소탈한 자세를 취하면서 내 말을 끝까지 들어 주었다. 그녀 역시 자기의 운명이 내 운명과 맺어져 있다는 것을 느끼고 있었던 것이다. 그러나 그녀는 되풀이해서 내 부모의 승낙을 받을 때까지는 내 아내가 될 수 없다고 말했다. 나도 그녀의 말에 반대하지 않았다.

우리들은 마음으로부터 뜨거운 키스를 했다. 이리하여 두 사람 사이의 문제는 모두 해결되었던 것이다.

한 시간 가량 지난 후, 카자흐의 하사관이 푸가초프가 매우 서투른 글씨로 서명한 통행증을 내게로 가져왔다. 그리고 푸가초프가 나를 부르고 있노라 말했다. 내가 가 보니 그는 길 떠날 채비를 끝내고 있었다. 나 한 사람을 제외한 모든 사람에게는 무서운 인간이고 냉혈한(冷血漢)이며, 악당이었던 이 사내와의 이별에 있어서 내가 무엇을 느꼈었는지 분명하게 기술하기란 불가능하다. 하지만 어찌 진실을 말하지 않을 수 있겠는가?

그 순간, 나는 맹렬한 동정심을 그에게 품었던 것이다. 그가 이끌고 있는 악당 패거리로부터 그를 떼어 내, 아직 늦기 전에 그의 목숨을 구해 주고 싶은 타는 듯한 소원을 나는 품었던 것이다. 그러나 슈바브린과 우리들 주위에 모여들었던 사람들 때문에 내 가슴을 하나 가득히 메우고 있던 생각을 입 밖에 꺼낼 수가 없었다.

우리들은 사이좋게 헤어졌다. 푸가초프는 군중 속에서 아크리나 밤필로브나의 모습을 발견하자 손가락을 세워 위협하는 시늉을 하며 의미있게 눈을 깜빡깜빡해 보였다. 그리고는 포장을 씌운 썰매에 오르자 벨다로 가자고 명령했다. 그리고 말이 움직이기 시작했을 때, 포장 안에서 다시 몸을 내밀고 내게 소리쳤다.

"잘 있게, 친구! 언젠가 다시 만날 수 있을 거야."

우리들은 그 말대로 다시 한번 만나게 되었지만, 그때는 어떤 상황이었던가…….

푸가초프는 떠났다. 나는 그의 썰매가 쏜살같이 달려가는 하얀 초원을 오랫동안 바라보고 있었다. 사람들은 흩어졌다. 슈바브린도 보이지 않았다. 나는 신부댁으로 돌아왔다. 우리들의 출발 준비는 완전히 갖추어져 있었다. 나도 더 이상 꾸물대고 싶지 않았다. 우리들의 짐은 전부 사령관의 낡은 마차에 실려 있었다. 마부들이 재빠르게 말을 달렸다. 마리아 이바노브나는 교회 뒤에 있는 부모의 무덤으로 작별의 인사를 하러갔다. 나는 그녀를 따라가고 싶었지만, 그녀는 혼자 가고 싶다고 부탁했던 것이다 몇 분 후에 그녀는 눈물에 젖은 얼굴로 돌아왔다. 마차가 끌려왔다. 게라심 신부와 그의 아내가 현관 앞까지 나왔다. 미리아 이바노브나와 파라시카 그리고 나, 이렇게 세 사람은 썰매를 단 포장마차에 탔다. 사베리치는 마부석에 앉았다.

"안녕히 가세요. 마리아 이바노브나, 귀여운 아가씨. 안녕히 가세요. 표트르 안드레비치, 독수리같이 늠름한 젊은 분!'

선량한 신부의 아내는 말했다.

"몸조심해요. 두 사람에게 행복이 행복이 있으시길!'

우리들은 출발했다.

사령관댁의 창가에 서 있는 슈바브린의 모습이 보였다. 그의 얼굴에는 어두운 증오의 빛이 나타나 있었다. 나는 패배한 적에게 승리를 뽐낼 마음은 없었기 때문에 외면해 버렸다. 마침내 우리들은 요새의 문을 나와 영원히 벨로고르스크 요새를 뒤로 한 것이다.

제13장 체포(逮捕)

'노여워하지 마라, 나는 나의 의무에 따라 너를 감옥에 보내지 않으면 안 돼.'
'알았네, 이미 각오한 바지만 그 전에 사건의 전말을 들어 주게나.'
— 크냐지닌 —

오늘 아침까지만 해도 사랑하는 그녀의 안부를 그처럼 걱정하고 있었는데, 정말 이렇게도 뜻하지 않게 그녀와 함께 있을 수 있게 된 나는, 나 자신을 믿을 수가 없었고 내 신상에 일어난 모든 일이 꿈이 아닌가 싶었다. 마리아 이바노브나는 근심스럽게 나를 바라보기도 하고, 길을 내다보기도 했었는데, 아직도 꿈에서 깨어나질 못해 제정신을 되찾지 못한 모양이다. 우리들은 잠자코 있었다. 우리들의 마음은 너무나도 지쳐 있었던 것이다. 어느덧 두 시간이 지나 우리들은 역시 푸가초프의 세력 밑에 있는 이웃 요새에 도착했다. 여기서 우리들은 말을 바꾸었다. 재빠르게 말을 갈아 타는 동작이나, 푸가초프에 의해서 사령관으로 임명된 수염이 덥수룩한 카자흐가 이리저리 돌봐 주면서 바삐 돌아가는 품으로 봐서, 우리들을 태우고 온 마부가 허풍을 떤 덕택으로, 그들이 나를 푸가초프의 총애를 받는 신하로 착각한 것을 알게 되었다.

우리들은 다시 갈 길을 재촉했다. 황혼이 찾아들기 시작했다. 우리들은 작은 마을로 접근해 가고 있었는데, 수염이 덥수룩한 사령관의 말에 따르면 거기에는 자칭 황제에 합류하기 위해 행군중인 강력한 부대가 있다는 것이었다. 우리들은 보초의 정지 명령을 받았다.

"그 안에 있는 것은 누구냐?"

하고 묻는 말에 마부가 큰 소리로 대답했다.

"폐하의 친구되는 분과 그의 부인입니다."

라는 말이 떨어지기가 무섭게 한 무리의 경기병(輕騎兵)이 무섭게 욕지거리를 하면서 우리를 에워쌌다.

"나오라, 이 악마의 친구놈아!"

콧수염을 기른 기병 상사가 내게 고함을 쳤다.

"자, 너의 아내와 함께 따끔한 맛을 보여 줄 테다!"

나는 포장 속에서 나와 그들의 대장에게 데려다 달라고 요구했다. 내가 장교인 것을 보자 사병들은 욕지거리를 중단했다. 상사는 나를 소령이 있는 곳으로 데려갔다. 사베리치는 나에게서 떨어지지 않으려고 투덜대고 있었다.

"아니, 폐하의 친구라고 말하다니! 불을 피하려다가 오히려 불 속에 뛰어든다는 것은 바로 이걸 두고 하는 말이군……. 아아, 하느님! 저희들은 앞으로 어떻게 되겠습니까?"

5분쯤 지나 우리들은 불이 밝게 켜진 조그마한 집에 닿았다. 상사는 나를 보초에게 맡기고 보고하리 갔다. 그는 곧 돌아와서 소령님은 나를 만날 틈이 없으니 나를 감방에다 집어 넣고 부인만을 데려오라는 명령이었다고 내게 말했다.

"무슨 말을 하는 거냐?"

나는 버럭 고함을 질렀다.

"그가 정신이 돌기라도 했단 말이냐?"

"저는 알 수 없습니다, 상관님."

하고 상사는 대답했다.

"다만 소령님은 소위님을 감옥에 넣고 부인은 데리고 오라는 명령뿐이 었습니다, 소위님!"

나는 입구의 층계를 뛰어 올라갔다. 보초들은 나를 제지하려고는 하지 않았으므로, 나는 곧장 방 안으로 뛰어들어갈 수 있었다. 거기에는 6명 정도의 기병 장교들이 트럼프를 가지고 은행 놀음을 하고 있었다. 소령 이 물주였다. 나는 그가 언젠가 신비일스크의 여인숙에서 내 돈을 몽땅 따버린 이반 이바노비치 주린이라는 것을 첫눈에 알아보았을 때, 내가 얼마나 놀랐겠는가!

"어떻게 이럴 수가?"

나는 큰 소리로 외쳤다.

"자네, 이반 이바느이치(이바노비치를 보통 부를 때는 이바느이치라고 간략됨)가 아닌가?"

"아, 아니, 자넨 표트르 안드레비치가 아닌가! 어떻게 된 일이야? 어디 서 왔나? 그 동안 잘 있었어? 어때, 자네도 판에 끼어들지 않겠나?"

"고맙네. 그보다도 나를 숙소로 안내해 주지 않겠나?"

"여관에 갈 것 없어. 나와 함께 있도록 하세."

"그건 안 돼, 나 혼자가 아냐."

"그럼, 그 친구도 이리 데려오게."

"친구가 아냐, 난……, 아내와 함께 온 거야."

"부인과 함께라고? 자네는 도대체 어디서 낚았나? 응, 형제!' (이렇게 말하면서 주린이 야릇한 표정으로 휘파람을 불어서 일동은 폭소를 자아냈다. 그래서 나는 몹시 난처해지고 말았다.)

"그렇다면."

주린은 말을 이었다.

"좋다, 자네에게 숙소를 마련해 주겠다. 하지만 서운하군……. 옛날식으로 한바탕 술상을 벌이는 건데……. 이봐, 사병! 어째서 푸가초프의 친구 아내를 데리고 오지 않느냐? 고집을 부리고 있나? 무서워할 것 없다고 말해. 나으리는 훌륭한 분이기 때문에 절대로 실례되는 일은 하지 않는다고. 그래서 목덜미를 잘 붙잡아서 데리고 오란 말이야."

"자네, 거 무슨 말인가?'

나는 주린에게 말했다.

"푸가초프의 친구 아내라고? 그 여자는 죽은 미로노프 대위의 따님이야. 포로가 돼 있는 것을 내가 구출해서 지금 내 아버지가 계시는 마을에 맡겨 놓을 작정으로 데려가는 중일세."

"뭐라고! 그럼 지금 내게 보고가 들어왔던 것은 자네를 말하는 건가? 이거 정말 놀랐군! 어떻게 된 거야?'

"나중에 자세히 얘기하겠네. 하지만 지금은 그 불쌍한 아가씨를 안심시켜 주게. 자네 부하인 기병들에게 몹시 혼이 나 버렸다네."

주린은 즉시 명령을 내렸다. 그는 직접 한길에 나가 마리아 이바노브나에게 정중히 사과를 하고, 그녀를 이 거리에서 제일 좋은 집으로 모시라고 상사에게 명령했다. 그리고 나는 그의 숙소에서 묵기로 했다.

우리들은 다 함께 저녁을 들었다. 그리고 두 사람만이 되었을 때, 나는 그에게 지금까지의 모험담을 들려 주었다. 주린은 매우 주의깊게 내 얘기를 듣고 있었다. 내가 얘기를 끝내자, 그는 고개를 가로저으며 입을 열었다.

"자네 얘기는 모두 좋은데 말이야, 한 가지가 신통치 않은 것이 있어. 어째서 결혼할 마음이 생긴 거야? 난 성실한 장교야. 그렇기 때문에 자네에게 허튼소리 하려는 생각은 없어. 내가 하는 말을 믿어 주기 바라네. 결혼이란 어리석은 거야. 어째서 마누라의 기분을 맞춰 주어야 하고, 어린애의 시중을 들어 줘야 하나? 이봐, 집어치우고 내 말대로 하게. 대위의 딸하고는 손을 끊어 버리게. 신비일스크까지 가는 길은 내가 말끔히 적을 소탕해 놓으니까 안심일세. 내일 그 아가씨를 혼자 자네 부모가 있는 곳으로 보내고 자네는 내 부대에 남는 거야. 오렌부르그로 돌아갈 필요가 없어. 또 한번 폭도의 수중에 떨어지면 그 패거리들 속에서 잘 빠져나올 수 있을지 어떨지 모르는 거야. 그러니까 내 말대로 하면 어리석기 짝이 없는 들뜬 기분도 자연히 가라앉아서 만사가 뜻대로 잘돼 갈 거야."

나는 그의 의견을 전적으로 찬성할 수는 없었지만, 그러나 군인의 명예를 중히 여기는 의무감이 여왕 폐하의 군대에 머물러 있으라고 요구하는 것을 느꼈다.

나는 주린의 충고에 따라 마리아 이바노브나를 시골로 보내고 나는 그의 부대에 남기로 했다.

사베리치가 갈아 입을 옷을 가지고 왔다. 나는 그에게 내일 마리아 이바노브나와 함께 길 떠날 채비를 하라고 명령했다. 그는 고집스럽게 반대했다.

"그게 무슨 말씀이십니까, 나으리? 어떻게 제가 당신을 홀로 두고 가겠습니까? 누가 당신의 시중을 들어 줍니까? 부모님께서 뭐라고 말씀하시겠습니까?"

사베리치의 고집을 잘 알고 있었으므로, 나는 다정하게 그리고 성심껏 그를 설득해야겠다고 생각했다.

"이봐, 내 친구, 아르히프 사베리치!"

나는 그에게 말했다.

"거절하지 말게. 내 은인이 돼 주게. 여기서는 하인이 필요없고, 또 만약에 너를 마리아 이바노브나와 함께 보내지 않으면 내가 안심하고 있을 수 없어. 저 아가씨의 시중을 드는 일은 내 시중을 드는 일과 마찬가지가 되는 거야. 왜냐하면 나는 사정만 허락한다면 당장이라도 그녀와 결혼할 테니까."

그러자 사베리치는 몹시 놀란 듯이 두 손을 탁 치면서,

"결혼을 하신다고!"

이렇게 되풀이해 말했다.

"도련님이 결혼을 하신다고! 하지만, 아버지께서는 뭐라고 말씀하실까? 어머니께서도 어떻게 생각하실까?"

"허락해 주실 거야. 틀림없이 승낙해 주실 거야."

라고 나는 대답했다.

"마리아 이바노브나의 사람됨을 알게 되면 틀림없이. 자네의 도움이 필요하네. 아버지도 어머니도 너를 신용하고 있으니까. 너도 우리를 위해서 힘을 써 주겠지?"

노인은 감동했다.

"아아, 표트르 안드레비치 도련님!"

하고 그는 대답했다.

"결혼 얘기는 아직 좀 빠릅니다만, 그 대신에 마리아 이바노브나는 보다시피 훌륭한 아가씨니까 이 좋은 기회를 놓치는 것도 죄가 될 겁니다. 좋습니다. 도련님이 생각하시는 대로 실행하겠습니다. 저는 천사 같은 아가씨를 모시고 가서 힘닿는 데까지 부모님께 잘 말씀드리겠습니다. 이만한 색시는 지참금 같은 것은 필요치 않다고 말입니다."

나는 사베리치에게 고맙다는 인사를 하고 주린과 한방에서 잠자리에 들었다. 흥분해서 마음이 어수선했던 나는 함부로 지껄여댔다. 주린도 처음에는 기꺼이 말상대가 돼 주었다. 하지만 차츰 그의 말수가 적어지며 동문서답격인 말을 하더니 마침내 대답대신 코를 드렁드렁 골기 시작했다. 나도 입을 다물고 잠이 들어 버렸다.

이튿날 아침, 나는 마리아 이바노브나에게 갔다. 나는 그녀에게 내가 마음먹은 계획을 알렸다. 그녀는 그것이 당연한 일이라는 것을 인정하고 곧 찬성해 주었다.

주린의 부대는 그날 중으로 마을에서 출동하게 되어 있었다. 꾸물거리고 있을 필요가 없었다. 나는 사베리치에게 마리아 이바노브나를 부탁하고, 또 그녀에게 부모한테 보내는 편지를 건네주고는 작별을 고했다. 마리아 이바노브나는 울기 시작했다.

"잘 있어요, 표트르 안드레비치!"

그녀는 가느다란 목소리로 말했다.

"다시 만날 수 있을지 어떨지는 하느님만이 알고 계십니다. 하지만 전 언제까지나 당신을 잊지 않겠어요. 죽을 때까지 제 마음속에 남는 것은 당신뿐이에요."

나는 한 마디도 대답할 수 없었다. 사람들이 우리들을 둘러싸고 있었다. 사람들이 보는 앞에서 나는 내 마음을 뒤흔들고 있는 감정에 사로잡혀 있고 싶지는 않았다. 드디어 그녀는 가 버렸다.

나는 풀이 죽어, 끝내 말없이 주린이 있는 곳으로 돌아왔다. 그는 내 기분을 풀어 주려고 했고, 나도 기분을 풀고 싶었다. 우리들은 하루종일 떠들썩하게 엉망진창 보내다가 밤이 되어서야 행군을 시작했다.

이것은 2월이 끝나갈 무렵이었다. 군사 행동을 어렵게 만들고 있던 겨울이 물러가기 시작하자 아군의 장군은 공동 작전에 들어갈 준비를 하고 있었다. 푸가초프는 아직 오렌부르그의 성 밖에 머물고 있었다. 그 동안에도 그의 주위에서는 우리 편 부대가 공동 작전을 펴서 사방팔방으로 악당들의 소굴로 접근해 가고 있었다. 반란에 가담했던 마을들은 우리 편 군대를 보자 잇달아 항복했다. 강도들의 도당은 가는 곳마다 아군에게 패주를 거듭하여 모든 상황은 신속하고 유리한 종말을 예고하고 있던 것이다.

얼마 후 고리쓰인 공작(公爵)이 타치쉐바 요새의 부근에서 푸가초프를 격파하고 그의 군대를 몰아 내서 오렌부르그의 포위를 풀었다. 이리하여 반란군에게 최종적이고 결정적인 타격을 준 것 같았다. 주린은 그때, 폭동에 가담한 바쉬키르인들 일당을 토벌하였고, 그들은 우리들이 나타나기 전에 산산이 흩어져 버렸다. 봄이 되자 우리들은 어느 타타르 부락에서 꼼짝도 못하게 되었다. 상이 범람해서 통로가 차단되었기 때문이다.

머지않아 강도와 야만인을 상대로 하는 따분하고 시시한 전쟁이 끝날 것이라는 생각으로 겨우 마음을 달래고 있었다.

그러나 푸가초프는 체포되지 않았다. 그는 시베리아의 공장 지대에 나타나, 거기서 새로운 폭도를 모아 다시 악행을 저지르고 있었던 것이다. 그가 승리하고 있다는 소문이 다시 퍼졌다. 우리들은 시베리아의 요새가 차례로 함락된 것을 알았다. 자칭 황제가 카잔을 함락하고 모스크바로 진격했다는 소식이, 폭도들을 대수롭지 않게 보고 그들의 세력을 깔보고는 마음 놓고 자고 있던 사령관들을 깜짝 놀라게 했던 것이다. 주린은 볼가 강(江)을 건너 전진하라는 명령을 받았다.

우리들의 행군과 전쟁의 종결에 대한 광경을 묘사하는 일은 그만두겠다. 다만 간단히 말해 둘 것은, 참상이 극에 달했다고 하는 것이다. 우리들은 폭도들이 휩쓸고 간 촌락들을 지나가면서 부득이 가난한 주민들로부터 숨겨 두었던 식량을 징발하지 않을 수 없었다. 행정은 가는 곳마다 엉망이었다. 지주들은 숲속에 몸을 숨기고 있었다. 강도들의 한 패가 못된 짓을 하고 돌아다녔다. 부대장들도 제각기 제멋대로 처형하기도 하고, 사면하기도 했다. 전쟁의 불길이 휩쓸고 지나간 이 광대한 모든 지역의 상황은 무서운 것이었다. 신이여, 부조리하고 무자비한 이 러시아의 폭동을 다시는 보게 하지 마소서!

푸가초프는 이반 이바노비치 미테리손의 추격을 받으며 패주하고 있었다. 얼마 후 우리들은 그가 완전히 격파되었다는 것을 알았다. 드디어 주린이 자칭 황제의 체포 소식과 함께 작전 명령을 받았던 것이다. 전란은 끝났다. 겨우 나도 부모가 있는 곳에 가게 된 것이다!

부모의 품에 안기고 아무런 소식도 없는 마리아 이바노브나를 만날 수 있다고 생각하자 흥분해서 정신 없이 기뻐했다. 나는 어린애처럼 깡충깡충 뛰었다.

주린은 어깨를 으쓱하고 웃으면서 말했다.

"두고 보게, 신통한 일은 없을 테니! 결혼해 보게, 아깝게도 자기 몸을 망치는 것 뿐일세!'

그러나 한편으로는 이상한 감정이 내 기쁨을 손상시키고 있었다. 그처럼 수많은 죄없는 희생자의 피보라를 뒤집어쓴 이 악당을 생각하고, 또 그를 기다리고 있는 형벌을 생각하자 나는 무의식 중에 마음이 어수선해지는 것이었다.

'에메리야, 에메리야(에메리얀, 푸가초프의 애칭)! 어째서 너는 총검에 가슴을 뚫지 않았느냐. 총탄에 몸을 내던지지 못했느냐? 그보다 더 나은 방법은 없었을 텐데.'

나는 이렇게 생각하며 몹시 화가 났다. 나보고 어쩌란 말인가. 그를 생각할 때마다 항상 푸가초프가 그의 생애에서 가장 위협적인 세력을 떨치고 있었을 때 내 목숨을 구해 주었던 일과 또 내 약혼녀를 비열한 슈바브린으로부터 구출해 주었던 일이 생각나는 것이었다.

주린은 내게 휴가를 주었다. 며칠만 지나면 나는 다시 가족의 한 사람이 되어, 마리아 이바노브나와 만날 수 있게 돼 있었던 것이다……. 그러나 그때 생각지도 않았던 일이 벼락처럼 나에게 일격을 가한 것이었다.

출발하기로 정해 놓았던 그날, 내가 길을 떠나려는 순간에 주린이 한 장의 편지를 손에 쥐고 몹시 걱정스러운 듯한 표정으로 내가 유숙하고 있던 농가로 들어왔다.

어떤 불길한 예감이 내 가슴을 찌르는 것이 있었다. 나는 나도 모르게 섬뜩했다. 그는 내 당번병을 밖으로 내보내고 나에게 용무가 있다고 말했다.

"뭡니까?"

나는 불안한 마음으로 물었다.

"약간 나쁜 소식이야."

그는 내게 그 편지를 건네면서 대답했다.

"읽어 보게, 지금 막 받았어."

나는 그것을 읽기 시작했다. 그것은 발견되는 즉시 나를 체포하여 푸가 초프 사건을 처리하기 위해 설치된 카잔의 사문(査問) 위원에게 지체 없이 호송하라는, 각 부대장 앞으로 보낸 비밀 명령이었다.

나는 하마터면 종이를 떨어뜨릴 뻔했다.

"어쩔 도리가 없군!"

주린은 말했다.

"명령에 복종하는 것이 내 의무야. 아마 자네가 푸가초프하고 사이좋게 여행했다는 소문이 어떤 경로로 정부에 알려진 모양이군. 일은 크게 되지 않으리라고 생각하며, 자네도 위원회에서 충분히 해명할 수 있으리라 생각하네. 용기를 내서 가 보게."

나의 양심은 결백했다. 나는 재판을 두려워하지 않았다. 하지만 그 즐거운 상봉의 순간이 적어도 몇 개월 연장된다고 생각하니 나는 두려워졌다.

짐마차가 준비되었다. 나는 마차에 올랐다. 칼을 빼어든 두 사람의 기병이 나와 함께 탔다. 그리하여 나는 큰 도로를 따라 앞으로 나아갔다.

제14장 심판(審判)

세상에 떠도는 소문은 바다의 물결과 같다. -속담-

내가 이런 일을 당한 원인은, 오렌부르그를 무단 이탈 한 데 있다고 나는 믿었다. 그렇다면 나의 무죄를 증명하는 것은 쉬운 일이었다. 말을 타고 출격하는 일은 절대로 금지되어 있지 않았을 뿐만 아니라, 오히려 적극적으로 장려되어 있었기 때문이다. 내가 너무 성급한 행동을 취한 것에 대한 문책은 받을망정, 명령을 위반하지는 않았던 것이다. 그러나 푸가초프와 사이좋게 교제했던 사실은 많은 목격자들의 증언이 있을지도 모르며, 그래서 크게 의심을 받는다 해도 어찌할 수 없는 일이었다. 나는 카잔으로 가는 도중 나를 기다리고 있을 신문(訊問)에 대해서 여러 가지로 생각을 했으며, 그에 대한 답변을 궁리했으나 법정에서는 있었던 그대로의 사실을 진술하기로 결심했다. 이것이 가장 솔직하고 동시에 가장 희망성이 있는 변명의 방법이라 생각했기 때문이다.

나는 황폐하고 완전히 불에 타 버린 카잔에 도착했다. 거리에는 건물

대신에 불에 탄 잿더미가 산처럼 쌓여 있고, 지붕도 창도 없는 불에 그슬린 벽이 앙상하게 남아 있었다. 이것이 푸가초프가 남긴 발자취였던 것이다!

나는 잿더미로 변한 마을 한복판에 다행히 남아 있는 요새로 연행되었다. 기병들은 나를 당직 사관에게 인도했다. 그는 대장장이를 불러오라고 명령했다. 그리하여 나는 양쪽 발을 꼼짝 못하게 족쇄가 채워졌다. 그 다음에 감방으로 끌려가 혼자 좁고 어두침침한 독방에 갇히게 되었다. 감방 주위는 벽만으로 에워싸여 있었고, 철창이 끼워진 조그마한 창이 하나 있을 뿐이었다.

이러한 시작은 내게 뭔가 좋지 못한 일을 예고하는 것이었다. 그러나 나는 용기도 희망도 잃지 않았다. 나는 슬픈 일을 당하면 누구나 희구하는 그런 위로에 매달렸던 것이다. 한편 맑고 깨끗한 그러나 찢어진 마음 속에서 우러나오는 기도의 감미로움을 처음으로 맛보면서, 앞으로의 결과를 근심할 것도 없이 편안하게 잠이 들어 버렸다.

이튿날, 간수가 나를 깨워 위원회가 나의 출두를 요구하고 있다는 소식을 알려 주었다. 두 사람의 병사가 마당을 지나 사령관댁으로 나를 연행했으며 자기들은 대기실에서 멈춰 서고 나만을 방안으로 들여 보냈다.

나는 꽤 넓은 홀로 들어갔다. 서류가 잔뜩 쌓인 책상 건너편에 두 사람이 앉아 있었다. 엄격하고 냉정한 모습의 나이 지긋한 장군과 나이가 28세쯤 되어 보이는 젊은 근위 대위였다. 대위는 호감이 가는 용모로 사람을 많이 다루어 본 일이 있는 느긋한 인물이었다. 창문 가까이 놓인 다른 책상에는 귀에 펜대를 꽂은 서기가 내 신술을 기록하려고 서류 위에 몸을 굽히고 앉아 있었다.

신문이 시작됐다. 내 이름과 신분을 묻더니, 장군은 안드레 페트로비치 그리뇨프의 아들이 아니냐고 물었다. 그렇습니다, 하고 내가 대답을 하자, 격렬한 어조로 내 말을 되받는 것이었다.

"그렇게 존경해야 할 인물이 이런 불초한 아들을 두고 있다는 것은, 애석한 일이야!"

내가 비록 어떤 혐의를 받고 있든 간에, 솔직히 진실을 진술하면 그 의심도 풀릴 것이라는 기대를 가지고, 나는 침착하게 대답했다. 나의 이러한 태도가 그의 마음에 들지 않은 모양이었다.

"허, 자네는 보통이 아니군."

그는 이맛살을 찌푸리면서 말했다.

"그러나 우리는 그런 친구를 많이 보았어!"

이때, 젊은 장교가 내게 물었다. 언제 어떤 기회로 푸가초프를 섬기게 되었는가, 그리고 어떤 임무를 맡고 있었는가, 하는 따위였다.

나는 우울하고 슬퍼져서, 장교이며 귀족인 내가 푸가초프를 섬긴 적도 어떤 임무를 맡은 적도 없다고 대답했다.

"귀족이고 장교이면서, 동료가 모조리 참혹하게 학살당하는 마당에 다만 혼자 자칭 황제에게 목숨을 구원받았는가? 또 어찌하여 장교이고 귀족인 자가 다정하게 폭도들과 주연에 참석했으며 악당의 두목으로부터 모피외투, 말, 50코페이카의 돈을 선사받았는가? 이러한 기묘한 우정이, 배신과 적어도 추악한 범죄적 겁쟁이 마음에서 생긴 것이 아니라면 도대체 그것은 뭣에 의해서 생긴 것인가?"

나는 이 근위 장교의 말에 심한 모욕을 느껴, 내가 한 일이 정당하다는 것을 열심히 주장하기 시작했다. 나는 눈보라가 칠 때, 초원에서 처음으로 푸가초프와 알게 되었던 일이며, 벨로고르스크 요새를 점령했을 때 나를 알아보고 목숨을 살려 주게 됐다는 것을 얘기했다. 또한 가죽외투와 말을 자칭 황제로부터 받은 것은 사실 수치스런 일이긴 하나, 악당들에 대해서 최후의 순간까지 벨로고르스크 요새를 방위했었다고 말했다.

마지막에 나는 비참한 오렌부르그 포위 당시 나의 충성을 증언해 줄 인물의 예로 그 장군의 이름을 제시했다.

준엄한 노인은 책상에서 개봉된 편지를 집어들고 큰 소리로 읽기 시작했다.

"현재 반란에 가담하여 극악무도한 자와 군부를 배신하고 충성의 선서를 거역한 교섭을 취했다는 혐의가 있는 소위보, 그리뇨프에 관한 각하의 조회에 대하여 본관은 다음과 같이 답신합니다. 상기 소위보 그리뇨프는, 지난 1773년 10월 초순부터 금년 2월 24일까지 오렌부르그에서 근무했으나 같은 날 마을을 이탈함으로써 그후부터 본관의 지휘하에서 벗어난 자임. 투항자의 말에 따르면, 그는 푸가초프의 본거지에 있었으며, 그후 푸가초프와 함께 이전에 근무했던 벨로고르스크 요새로 갔다 하며, 그의 행동에 관해서 본관이……."

그는 여기서 읽기를 멈추고 위엄 있는 어조로 내게 말했다.

"이래도 또 변명하겠다는 건가?"

나는 일단 시작한 변명을 계속하려고 했다. 그리고 다른 일과 마찬가지로 마리아 이바노브나와 나와의 연관에 대해서 솔직히 설명하려고 했다. 그러나 갑자기 그렇게 하는 일이 싫어졌다. 여기서 만일 그녀의 이름을 대면, 위원회가 그녀를 증인으로 출두시킬 것이라고 나는 문득 생각한 것이다. 한편 그녀의 이름을 악당들의 추악한 비방(誹謗) 속에 끌어들일 뿐만 아니라, 그녀 자신을 그들과 대결시키는 일이 될 것이라 생각했다. 이런 무서운 생각이 내게 강력한 충격을 주어, 나는 입을 다물고 만 것이다.

　나의 심판관들은 그때까지 어느 정도의 호의를 가지고 나의 답변에 귀를 기울인 것 같았으나, 내가 난처해하고 있는 모습을 보자, 다시 불리한 예측을 품어 버렸던 것이다.

　근위 장교는 나하고 주된 고발인과의 대질 심문을 요구했다. 장군은 어제까지의 악당을 불러오라고 명령했다. 나는 기운차게 입구 쪽을 뒤돌아보고 나의 고발자가 나타나는 것을 기다렸다.

　몇 분 후에 쇠사슬 끌리는 소리가 들려오더니 문이 열리면서 들어온 것은 슈바브린이었다. 나는 그의 변한 모습을 보고 깜짝 놀랐다. 그는 몹시 여위고 얼굴이 창백했다.

　이전에 그 새까맣던 머리털은 완전히 하얗게 변해 버렸다. 긴 턱수염이 흉하게 헝클어져 있었다. 그는 가냘프지만 막힘이 없는 목소리로 나에 대한 고발을 되풀이해서 진술했다. 그의 말에 따르면, 나는 간첩으로서 푸가초프가 오렌부르그로 파견했다는 것이었다. 매일같이 출격한 것은 마을의 모든 상황을 기록한 서류를 전달하기 위해서였다는 것이다.

　또 최후에는 공공연하게 자칭 황제 쪽으로 넘어와 그와 함께 이 요새 저 요새로 돌아다니면서, 갖은 수단으로 자기 동료의 배신자들을 없애버리려고 노력했는데, 그것은 자기가 그들의 지위를 빼앗고 자칭 황제가 주는 보수를 얻기 위한 행동이었다는 것이다.

　나는 잠자코 그의 말을 듣고 있었는데, 다만 한 가지, 마리아 이바노브나의 이름이 이 비열한 악당의 입에 오르지 않았다는 것에 대해서는 만족했다. 매우 경멸하며 그를 배척했던 여자에 대한 일을 생각하자 그의 자존심이 상처를 입었기 때문일까. 혹은 나에게 입을 열지 못하게 한 것과 똑같은 감정의 불꽃이 그의 마음에도 숨겨져 있었기 때문이었을까…….

여하튼 벨로고로스크 요새의 사령관 딸 이름은 위원들 앞에서 누구의 입에도 오르지 않았다. 그래서 나는 한층 더 내 결심을 굳혔다. 심판관들이 슈바브린의 증언을 무엇으로 반박하겠느냐고 물었을 때도, 나는 아까 해명한 그 이상의 것은 아무런 변명도 할 수 없다고 대답했던 것이다.

장군은 우리들을 퇴장시키라고 명령했다. 우리들은 함께 밖으로 나갔다. 나는 편안한 마음으로 슈바브린을 바라보았으나 그에게 한 마디도 하지 않았다. 그는 독살스런 쓴 웃음을 입가에 띠면서 자기 쇠사슬을 들어 올리더니 나를 앞질러 빠른 걸음으로 갔다. 나는 다시 감방으로 끌려 갔으며, 그 후로는 심문을 위하여 호출되는 일은 없었다.

아직 독자에게 알려야만 할 일이 남아 있다. 그것은 모두 나 자신이 목격한 것은 아니지만, 나는 그 얘기를 너무나 자주 들었기 때문에, 극히 세밀한 점까지 내 머리에 남아 있으며, 마치 남몰래 그 현장에 있었던 것 같은 느낌마저 드는 것이다.

마리아 이바노브나는 나의 부모로부터 옛날 사람들만이 가지고 있는, 그 마음으로부터의 친절한 대접을 받고 있었다. 그들은 이 불쌍한 고아에게 안식처를 주고 귀여워해 줄 기회를 가지게 된 것을, 신이 베풀어 준 행복이라고 생각했다. 얼마 지나지 않아 부모들은 그에게 진정으로 애착을 가지게 되었다. 왜냐하면 그녀의 사림됨을 알면 사랑하지 않을 수 없기 때문이었다.

나의 사랑은 아버지에게도 실속 없는 풋사랑이라고 생각되지 않게 되었다. 어머니도 아들인 페트루샤가 귀여운 대위의 딸과 결혼하는 것만이 희망으로 돼 버렸다.

내가 체포되었다는 소식은 우리 집 가족들을 모두 깜짝 놀라게 했다. 마리아 이바노브나는 부모에게, 나와 푸가초프와의 기묘한 관계를 아무런 꾸밈도 없이 사실 그대로 얘기해 주었기 때문에, 두 사람은 내가 체포되었다는 소식을 듣고도 걱정은커녕 오히려 몇 번이고 배를 움켜잡고 웃을 정도였다. 아버지는 내가 왕좌의 전복과 귀족의 전멸을 목적으로 한 혐오스런 반란에 가담했다고는 믿으려 하지도 않았다. 그는 엄하게 사베리치를 다그쳤다.

그는 내가 에메리얀 푸가초프의 손님으로 초대된 것도, 악당들이 나를 회유하려고 했던 일도 숨기지 않았다. 그러나 배신한 일에 대해서는 들은 일도 없다고 맹세했다. 노부모는 마음을 놓고 초조해하면서 좋은 소식이 오길 기다리게 되었다. 마리아 이바노브나도 가슴을 울렁거리고 있었지만 천성이 몹시 조심스럽고 신중한 성격이었기 때문에 잠자코 있었다.

몇 주일이 지났다. 하루는 아버지가 페테르스부르크로부터 우리들의 친척이 되는 B 공작의 편지를 받았다. 공작은 아버지에게 나에 관한 일을 편지로 써 보낸 것이다. 틀에 박힌 안부가 적힌 다음 폭도의 음모에 내가 참가한 일에 관한 혐의는 불행히도 너무나 확정적인 것이어서, 본보기로 징계하기 위해 내가 마땅히 사형을 받을 일이나, 여왕 폐하가 그 아버지의 공적과 노령을 생각하시어 죄많은 아들에게 자비심을 베푸시어 수치스런 사형을 감형해서, 시베리아의 종신 유형에 그치기로 했다고, 공작은 아버지에게 소식을 알렸던 것이다.

이 청천벽력 같은 소식은 아버지의 목숨을 빼앗을 뻔했다. 아버지는 평상시의 당당한 태도가 없어졌고 아버지의 슬픔은(전에는 입 밖에도 내지 않았는데) 쓸쓸한 탄식으로 변하여 입으로 새어나오는 것이었다.

"이게 어찌된 일이냐?"

그는 넋이 나가 되뇌는 것이었다.

"내 아들이 푸가초프의 음모에 가담했다니! 하느님! 이 나이에 이런 꼴을 당하게 하시다니! 여왕 폐하는 아들에게 사형만은 면하게 해 주셨다! 그러나 그것으로 내 마음이 편해질까? 사형 따위는 무섭지 않다. 내 조상은 신성하다고 믿었던 일을 끝까지 지켜 사형장의 이슬로 사라졌다. 선친은 보르인스키와 후르시초프(여왕 안나 요아노브나의 치세에 독재적 권력을 행사했던 비론에 대항하여 함께 반역죄로 단죄되었음)와 고난을 함께 한 어른이시다. 그러나 귀족의 신분으로서 자기의 충성의 선서를 저버리고 강도, 살인, 탈주한 노예들과 공모하다니! 이것은 가문의 치욕이다! 불명예다!"

아버지의 절망을 두려워한 어머니는, 아버지 앞에서는 눈물조차 보이지 못하고 뜬소문은 믿을 수가 없는 것이며, 사람의 의견도 기대할 수 없는 것이라고 말하면서 아버지가 기운을 내도록 노력했다. 그러나 그것으로 아버지의 마음을 풀어 드릴 수는 없었다.

마리아 이바노브나는 누구보다도 괴로워 했다. 내가 그런 마음을 먹기만 하면 나의 무죄를 입증할 것을 믿어 의심치 않았던 그녀는 사건의 진상을 추측하고 내가 불행하게 된 원인은 자기 때문이라고 생각했다. 그녀는 누구 앞에서나 자기의 슬픔과 괴로움을 숨기고 있었지만, 한편으로는 나를 구출해 낼 방법을 줄곧 생각하고 있었던 것이다.

어느 날 밤, 아버지는 소파에 앉아 『궁중요람』을 뒤적거리고 있었다. 그러나 아버지의 생각은 먼 곳에 있었기 때문에 이 책도 여느 때와 같은 즐거움을 주지 못했다. 그는 옛날의 행진곡을 휘파람 불고 있었다. 어머니는 잠자코 털스웨터를 뜨고 있었는데 눈물이 가끔 그 스웨터 위에 떨어졌다.

그때 거기서 일을 하고 있던 마리아 이바노브나가 아무래도 페테르스부르크로 가지 않으면 안 되게 되었으므로 출발할 수 있도록 해달라고 말했다. 어머니는 몹시 슬퍼했다.

"어째서 페테르스부르크로 가려고 하느냐?"

그녀는 물었다.

"마리아 이바노브나, 너마저 우리를 버릴 작정이냐?"

마리아 이바노브나는 자신의 장래의 운명이 모두 이 여행에 달려 있으며, 자기에게 충실하려고 순직한 자의 딸로서, 유력한 사람들의 비호(庇護)와 원조를 얻기 위해 가는 것이라고 대답했다.

나의 아버지는 머리를 떨구었다. 아들의 억울한 죄를 상기시키는 말은 모두 그에게 괴로운 일이었으며, 또 심술궂은 비난이라고 생각되는 것이었다.

"가거라!"

그는 한숨 섞인 목소리로 말했다.

"우리는 네가 행복하게 되는 것을 방해할 마음은 없어. 반역자의 오명을 쓴 사내가 아니고, 좋은 신랑감을 하느님이 주시옵기를……."

아버지는 자리에서 일어서자 밖으로 나갔다.

마리아 이바노브나는 어머니와 단둘이 남게 되자, 자기가 생각한 계획의 일부를 어머니에게 설명했다. 어머니는 눈물을 흘리면서 그녀를 끌어안고 계획한 일이 성공하도록 신에게 빌었다. 마리아 이바노브나는 여행 준비가 갖추어진, 며칠 후 충실한 파라시카와 사베리치를 데리고 길을 떠났다. 사베리치는 강제적으로 나하고 헤어졌기 때문에, 내 약혼자를 섬긴다고 생각하자, 적어도 위로가 되는 점이 있었다.

마리아 이바노브나는 무사히 소피아에 도착하여, 왕실이 차르스코 세르로에 옮겨왔다는 사실을 역마차의 역사(驛舍)에서 알게 되어, 거기에 머물기로 했다. 그녀에게는 칸막이로 나누어진 작은 방이 배당되었다. 역사(驛舍)지기의 아내는 그녀에게 곧 지껄이기 시작하여 자기가 왕실 벽난로의 불을 지피는 사람의 조카가 된다면서 왕실 생활의 모든 비밀스런 일을 얘기해 주었다. 그녀는 대개 몇 시에 여왕 폐하가 잠자리에서 일어나시며, 몇 시에 커피를 드시고, 산책을 하시는가 하는 일을 얘기해 주었다. 또 당시 가까이하고 있는 귀족들의 이름에서부터, 어제의 식사 때는 무슨 얘기를 하셨으며 밤에는 누굴 만나셨는가 하는 것까지 늘어 놓았다. 말하자면, 이 안나 브라시에브나라는 여성의 얘기는 역사적 기록의 몇 페이지에 해당하는 것이며, 후세에게 귀중한 것이었다고 말할 수 있으리라.

마리아 이바노브나는 주의깊게 그녀의 얘기를 들었다. 두 사람은 공원으로 갔다. 안나 브라시에브나는 하나하나의 가로수길, 하나하나의 작은 다리에 대한 역사를 얘기했으며, 이리하여 충분한 산책을 하자, 서로 만족감을 느끼고 역사로 돌아왔다.

이튿날 아침, 일찌감치 마리아 이바노브나는 잠자리에서 눈을 뜨자마자, 옷을 갈아입고 살며시 정원으로 갔다. 아름다운 아침이었다. 태양은 가을의 찬 입김으로 일찍 누렇게 단풍이 물들기 시작한 보리수의 꼭대기를 비추고 있으며, 광활한 호수는 움직임없이 반짝이고 있었다. 잠에서 깨어난 백조들이 강가에 그림자를 던지고 있는 관목이 무성한 곳에서 의젓하게 헤엄쳐 나왔다.

마리아 이바노브나는 건립된 지 얼마 안 되는 표트르 알렉산드르비치 루만쓰에프 백작(伯爵)의 최근의 전승(戰勝) 기념비가 있는 매우 아름다운 잔디밭을 거닐고 있었다. 갑자기 영국산(産) 하얀 개가 짖어 대면서 그녀 쪽으로 달려왔다. 마리아 이바노브나는 깜짝 놀라 그 자리에 멈춰섰다.

그때, 상냥한 부인의 목소리가 들려 왔다.

"무서워하지 말아요. 물지 않으니까."

그제서야 마리아 이바노브나는 기념비 맞은편에 있는 벤치에 귀부인이 앉아 있는 것을 발견했다. 귀부인은 그녀를 유심히 바라보고 있었다. 마리아 이바노브나도 몇 번인가 흘깃흘깃 곁눈질로 귀부인의 발끝에서부터 머리끝까지 훑어볼 수 있었다. 귀부인은 하얀 아침 옷을 입고 있었으며, 나이트캡을 쓰고, 솜이 든 덧저고리를 껴입고 있었다.

나이는 사십 안팎으로 보였으며, 알맞게 살이 찌고 혈색이 좋은 얼굴은 위엄과 침착함을 나타내고 있었는데 파란 눈과 상냥한 웃음이 말할 수 없는 매력을 지니고 있었다.

귀부인이 먼저 입을 열었다.

"당신은 이 지방 사람이 아닌 것 같은데요?"

"네, 그렇습니다. 전 어제 시골서 막 올라왔어요."

"부모님과 함께 왔나요?"

"아뇨, 혼자 왔습니다."

"혼자라니요? 하지만 아직 나이가 어린데."

"저는 아버지도 어머니도 계시지 않습니다."

"그럼, 무슨 볼일이 있어서 여기 왔는가요?"

"그렇습니다. 저는 폐하께 소원이 있어서 온 거예요."

"고아라고 했지요? 틀림없이 뭔가 옳지 못한 취급이나 부끄러움을 받고 있어, 그것을 소청하러 온 거지요?"

"아뇨, 그게 아니에요. 전 자비심에 매달리려고 온 거지, 소청을 하러 온 게 아니에요."

"실례하지만, 당신은 어떤 분이지요?"

"미로노프 대위의 딸입니다."

"미로노프 대위라니! 그럼 저 오렌부르그 현(縣)의 요새에서 사령관으로 계셨던 분 말인가요?"

"네, 그렇습니다."

그 부인은 감동하는 것 같았다.

"실례합니다만."

귀부인은 전보다 더 상냥한 목소리로 말했다.

"당신 일에 참견하는 것은 안 됐지만, 나도 왕실에 자주 드나듭니다. 당신이 무엇을 진정하려는 건지 제게 설명해 주세요. 당신의 힘이 돼 주겠어요."

마리아 이바노브나는 일어서서 공손히 감사하다는 인사를 했다. 이 누군지도 모르는 부인의 모든 것이 무의식중에 그녀의 마음을 끌어들여,

신뢰할 수 있다는 느낌을 주었기 때문이다.

마리아 이바노브나는 호주머니에서 차곡차곡 접은 종이를 꺼내어 이 초면의 원조자 손에 그것을 건넸다. 부인은 말없이 그것을 읽기 시작했다. 처음에는 주의깊게 동정어린 표정으로 읽고 있었다. 그런데 갑자기 그녀의 안색이 달라졌다. 귀부인의 표정을 지켜보고 있던 마리아 이바노브나는, 조금 전까지만 해도 그 만큼 명랑하고 온화했던 부인의 얼굴이 엄한 표정으로 변한 것을 보고 깜짝 놀랐다.

"당신의 소원이란 그리뇨프에 관한 일이었습니까?"

하고 귀부인은 쌀쌀하게 말했다.

"여왕 폐하도 이 사람을 용서하지 않을 거예요. 이 사람은 황제의 이름을 자칭하는 자에게 가담한 거예요. 그것도 무식했다든가 경박하게 믿어 버렸던 것이 아니고, 부도덕하고 유해한 불량배로 가담한 겁니다."

"아녜요. 잘못 아신 거예요!"

마리아 이바노브나는 외쳤다.

"어째서 아니란 겁니까!"

흥분해서 귀부인은 그녀의 말을 받았다.

"그렇지 않아요. 정말로 잘못 아신 겁니다! 저는 모든 사실을 알고 있습니다. 모든 것을 얘기하겠습니다. 그분이 그렇게 된 것은 모두 저 때문이에요. 재판을 받을 때, 자기의 결백을 증명하지 않았다면 그것은 저를 끌어들이고 싶지 않았기 때문입니다."

그녀는 열심히 독자가 이미 알고 있는 모든 사실을 그 귀부인께 상세히 설명했다. 귀부인은 그녀의 얘기를 주의깊게 끝까지 들었다.

"당신은 어디에서 묵고 있나요?"

그녀가 그 다음에 물었다. 그리고 안나 브라시에브나의 집이라는 대답을 듣고는 웃음을 띠면서 덧붙여 말했다.

"아아! 알고 있어요. 그럼 돌아가 있어요. 우리들이 만났다는 것은 누구에게도 말해선 안 돼요. 당신의 편지에 대한 답장은 곧 받게 될 거예요."

이렇게 말하며 그녀는 자리에서 일어나 나무들이 덮어 씌울듯이 무성한 가로수길 안으로 들어갔다. 마리아 이바노브나는 희망을 가슴 가득히 안고 안나 브라시에브나의 집으로 돌아왔다.

안주인은 아침 일찍이 하는 산책은 어린 아가씨의 건강에 좋지 않다고 그녀에게 잔소리를 했다. 안주인이 사모바르를 가지고 와 차를 만들면서 왕실에 관한 그 끝이 없는 얘기를 시작하려고 할 때, 갑자기 왕실용의 마차가 현관 앞에 와 멎었다. 그리고 왕실의 시종이 들어와 폐하께서 마리아 아가씨를 부르신다는 분부를 전했다.

안나 브라시에브나는 소스라치게 놀라 허둥지둥 몸을 움직이기 시작했다.

"어머나, 하느님!"

하고 그녀는 소리쳤다.

"폐하께서 당신을 궁중으로 부르신데요. 도대체 어떻게 당신에 관해서 알게 되셨을까요? 하지만, 당신은 어떻게 해서 어전으로 나갈 작정이에요? 궁중의 걸음걸이도 모르면서……. 당신을 데려다 줄까요? 아무래도 뭔가 주의를 해줄 수 있을 테니까. 더구나 그런 여행복장을 하고 갈 수 있겠어요? 산파한테 가서 누런 나들이 옷이라도 빌려 올까요?"

시종은 폐하가 마리아 이바노브나 혼자서, 입고 있는 복장 그대로 들어오라는 분부시라고 말했다. 그렇다면 어쩔 도리가 없었다. 마리아 이바노브나는 마차를 타고 안나 브라시에브나의 충고와 축복을 받으면서 궁전으로 향했다.

마리아 이바노브나는 우리들 두 사람의 운명이 결정되리라는 것을 예감했다. 가슴이 몹시 뛰어 당장에라도 숨이 멎을 지경이었다. 몇 분 후에 마차는 궁전 앞에 멈췄다. 마리아 이바노브나는 몸을 부들부들 떨면서 층계를 올라갔다.

문이 눈앞에서 활짝 열렸다. 그녀는 시종의 안내를 받으며 사람 그림자도 없는 웅장하고 아름다운 방을 수도 없이 지나쳤다. 마침내 닫혀진 문 앞에 오자, 시종은 지금 그녀가 왔다는 것을 전한다고 하면서 그녀를 혼자 남겨 놓고 갔다.

여왕 폐하를 만나 뵙는다고 생각하자, 몹시 두려워져 서 있는 것도 힘에 겨운 형편이었다. 곧 문이 열리고, 그녀는 여왕 폐하의 화장실(化粧室)로 들어갔다. 여왕은 화장대 앞에 앉아 있었다. 몇 사람의 시종들이 그를 에워싸고 있다가, 마리아 이바노브나에게 경의를 표하고 길을 열어 주었다. 여왕 폐하는 부드럽게 그녀 쪽을 보았다. 순간 마리아 이바노브나는 여왕이 조금 전에 자기가 모든 것을 털어 놓았던 바로 그 귀부인이라는 것을 알았다.

여왕 폐하는 그녀를 가까이 불러 웃으면서 말했다.

"나는 약속대로 당신의 소원을 들어 주게 된 것을 기쁘게 생각합니다. 당신의 용무는 끝이 났습니다. 나는 당신의 약혼자가 결백하다는 것을 굳게 믿고 있습니다. 여기 편지가 있습니다. 당신의 장래의 시아버지가 되실 분에게 전해 주십시오."

마리아 이바노브나는 떨리는 손으로 편지를 받아들고 울면서 여왕 폐하의 발 아래 엎드렸다. 폐하는 그녀를 일으켜서 키스를 해주었다. 폐하는 그녀와 여러 가지 얘기를 하였다.

"당신이 가난하다는 것을 알고 있습니다."

폐하가 말씀하셨다.

"나는 미로노프 대위의 따님에게 빚이 있습니다. 앞일에 대해서는 걱정하지 마세요. 당신이 시집갈 준비만큼은 내가 맡아서 해 주겠어요."

불쌍한 고아에게 여러 가지로 위로의 말을 한 다음 여왕 폐하는 그녀를 물러가게 했다. 마리아 이바노브나는 올 때와 똑같은 마차로 돌아왔다. 안나 브라시에브나는 눈이 빠지게 그녀가 돌아오길 기다리고 있다가 질문을 퍼부었으나, 마리아 이바노브나는 적당히 대꾸했다. 안나 브라시에브나는 그녀의 건망증이 불만스러웠으나, 그것도 시골 아가씨의 내성적이고 소극적인 성격 탓이라고 생각해서 너그럽게 용서해 주었다. 마리아 이바노브나는 페테르스부르크를 잠깐 동안이라도 둘러볼 생각을 하지 않고, 그날 안으로 시골로 돌아갔다…….

표트르 안드레비치 그리뇨프의 수기는 여기서 끝을 맺고 있다. 그 집에 전해 내려오는 말에 의하면, 그는 1774년 말에 칙령에 의해서 금고(禁錮)로부터 풀려 나와 푸가초프가 처형되는 현장에도 있었다고 한다. 푸가초프는 군중 속에서 그를 알아보고 그에게 고개를 흔들어 보였고, 1분 후에는 목숨이 끊어져서 피투성이가 되어 사람들 앞에 전시되었다고 한다.

그후 표트르 안드레비치와 마리아 이바노브나는 결혼했다. 두 사람의 자손은 신비일스크 현(縣)에서 지금도 행복하게 살고 있다. ㅇㅇㅇ로부터 약 백 리쯤 떨어진 곳에 열 사람의 지주가 토지를 나누어 가지고 있는 부락이 있다. 그 지주 중 한 집에는 유리를 끼운 액자에 넣어 둔 예카테리나 2세가 손수 쓴 편지가 걸려 있다. 그것은 표트르 안드레비치 아버지 앞으로 보낸 것으로, 아들의 결백에 대해서 기술했으며, 미로노프 대위 딸의 재치와 착한 마음씨를 칭찬하고 있다. 표트르 안드레비치 그리뇨프의 수기는, 그 손자의 한 사람이 그 조부 시대에 관한 저술에 내가 종사하고 있는 것을 알고, 내게 제공한 것이다.

나는 그의 일가 친척의 양해를 얻어 별도로 이에 발행하기로 했다. 나는 각 장(章)에 알맞은 제사(題詞)를 찾아, 또한 약간의 고유명사를 변경하여 출판키로 했다.

1836년 10월 19일 발행인

부록(附錄)

생략된 장(章)

이 장(章)은 『대위의 딸』 최종판에는 포함돼 있지 않다. 초고(草稿) 상태로 남겨져 있다.
인명에도 상위점이 있으며, 그리뇨프는 브라닌, 주린은 그리뇨프로 돼 있는 것에 주의하기 바란다.

우리들은 볼가 강변에 접근해 가고 있었다. 우리 연대는 ○ ○ ○ 마을로 들어가 거기서 야영하기로 했다. 마을 이장(里長)은 나에게 강 건너 마을은 모조리 폭동에 가담하여 푸가초프의 한 패가 설치고 있다는 얘기를 들려 주었다. 이 소식은 나를 몹시 불안하게 만들었다. 우리들은 이튿날 아침에 강을 건너야만 했다.

나는 초조한 마음에 사로잡혔다. 고향마을이 강 건너에서 약 백 리쯤 되는 곳에 있었던 것이다. 뱃사공은 없느냐고 나는 물었다.

이곳 농부들은 모두 어부 노릇을 하고 있어서 보트가 많았다. 나는 그리뇨프(초판에서는 주린)에게 내 계획을 말했다.

"조신하게"

하고 그는 말했다.

"혼자 가는 것은 무모한 일일세. 아침까지 기다려. 우리들이 맨 먼저 강을 건너기로 하세. 그리고 만일의 경우를 대비하여 50명의 기병을 데리고 부모님이 계신 곳에 가도록 하세."

나는 내 주장을 고집했다. 작은 배가 준비되었다. 나는 두 사람의 뱃사공과 함께 배를 탔다. 그들은 닻줄을 풀고 노를 젓기 시작했다.

하늘은 맑게 개었다. 달이 빛나고 있었다. 고요한 밤이었다. 볼가 강(江)은 잔잔하고 고요하게 흐르고 있었다. 나는 이런저런 생각에 몰두하고 있었다. 배가 가볍게 흔들리면서 어두운 강물을 가르고 미끄러져 갔다.

반 시간쯤 지났다. 우리들은 이미 강 한복판까지 와 있었다……. 갑자기 사공들이 수군거리기 시작했다.

"뭐야?"

나는 정신을 차리고 물었다.

"저것이 뭔지 알 수 없습니다. 하느님밖엔 모를 것입니다."

사공들은 한 쪽 방향을 바라보면서 대답했다. 나도 시선을 그쪽으로 돌렸다. 어슴푸레한 어둠 속에 볼가 강을 따라 떠내려가는 것이 보였다. 나는 사공들에게 배를 멈추고 그것이 떠내려올 때까지 기다리라고 명령했다. 달이 구름 사이로 숨었다. 환영처럼 떠내려오는 것은 한층 서서히 우리 쪽으로 밀려 떠내려오는 물체는 더욱 더 흐릿하게 보였다. 이미 눈앞에까지 다가왔지만 아직 뭔가 전혀 분간할 수 없었다.

"저게 도대체 뭘까?"

사공들은 서로 얘기를 하고 있었다.

"돛이라고 생각하면 돛이 아니고, 돛대라고 생각하면 돛대도 아니고."

갑자기 달이 구름 사이에서 모습을 드러내고는 무서운 구경거리를 비췄다. 우리 쪽으로 떠내려온 것은 뗏목 위에 단단히 세워진 교수대였고, 그 들보에는 세 구의 시체가 매달려 있었다. 상식을 벗어난 호기심이 나를 사로잡았다. 나는 그 교수형에 처해진 자들의 얼굴이 보고 싶어졌던 것이다.

내 명령으로 사공들이 갈퀴로 뗏목을 걸었기 때문에 내가 탄 작은 배는 떠내려오는 교수대에 부딪혔다. 나는 뗏목에 뛰어올라 무서운 두개의 기둥 사이에 우뚝 섰다. 밝은 달이 불행한 사람들의 흉한 얼굴을 비춰 주고 있었다. 그들 가운데 한 사람은 늙은 츄바시인(人)이었다. 또 한 사람은 러시아인(人) 농부였으며 몸이 튼튼한 20세 가량의 청년이었다.

그러나 세 번째 시체를 보았을 때, 나는 너무나 놀라서 슬픈 외침을 억제할 수가 없었다. 그것은 바니카였다. 어리석기 때문에 푸가초프의 편을 든, 그 불쌍한 바니카였던 것이다(바니카는 초판에서 탈락돼 있음). 그들의 머리 위에 박혀 있는 검은 판자에는 하얀 글씨로 크게 '도적과 폭도'라고 씌어져 있었다. 사공은 담담하게 바라보며 나를 기다렸다.

나는 배에 옮겨 탔다. 뗏목은 강 하류 쪽으로 떠내려 갔다. 교수대는 오랫동안 어둠 속에서 매우 검게 보였다. 마침내 그것이 보이지 않게 되었을 때, 작은 배는 높고 험한 강변에 닿았다.

나는 사공들에게 넉넉히 뱃삯을 주었다. 그들 중의 한 사람이 나를 나루터 옆에 사는 이장에게 안내해 주었다. 이장은 내가 말이 필요하다는 얘기를 듣더니 매우 무뚝뚝하게 대했으나, 나를 안내해 주었던 사내가 귀에다 대고 두서너 마디 속삭이자, 그의 몰인정하던 태도는 순식간에 돌변했다. 눈깜짝할 사이에 마차가 준비되었으며, 나는 마차에 올라 타고 우리 마을의 이름을 대면서 그리로 가자고 했다.

나는 큰길을 쏜살같이 달리면서 잠이 든 여러 마을을 지나쳐 갔다. 볼가 강에서 내가 그날 밤 마주친 일이 폭도가 있다는 증거라면, 그와 동시에 그것은 정부군이 강력한 반격을 개시하고 있다는 증거도 되는 것이었다.

만일의 경우에 대비해서 나는 호주머니에 푸가초프가 내게 준 통행증과 그리뇨프 대령(초판에서는 주린 소령)의 명령서를 가지고 있었다. 그러나 나는 아무와도 만나지 않고, 새벽녘에는 냇물과 전나무 숲을 멀리 바라보았다. 우리 마을은 그 뒤에 있었다.

마부가 말을 채찍질하여 15분쯤 지나자 나는 ○○○로 들어갔던 것이다.

지주의 저택은 마을의 반대쪽 끝머리에 있었다. 말은 전속력으로 달렸다. 갑자기 길 한복판에서 마부가 말고삐를 잡아당기기 시작했다.

"왜 그래?"

나는 초조하게 물었다.

"검문소입니다, 나으리."

마부는 거칠어진 말을 겨우 정지시키면서 대답했다. 분명히 거기에는 차단대가 놓여 있는 것이 보였고, 몽둥이를 들고 있는 보초가 있었다.

그 사내가 내게 오더니 모자를 벗고 신분증을 제시하라고 요구했다.

"이건 어떻게 된 거야?"

나는 그에게 물었다.

"어째서 길을 막아 놨지? 누구 명령으로 감시를 하고 있느냐?"

"실은 나으리, 우리들은 반란을 일으키고 있습니다."

그는 머리를 긁적거리면서 대답했다.

"그럼 너희들의 주인은 어디 있느냐?"

"우리들의 주인 말씀입니까?"

남자는 되풀이해서 말했다.

"우리 주인 나리는 곡물 창고에 있습니다."

"어째서 곡물 창고에 있느냐?"

"그것이 말입니다. 마을 서기가 된 안드류슈카가 가뒀습니다. 폐하한테 끌고 간답니다."

"뭐라고! 길을 열어라. 이놈, 차단대를 치우란 말이다. 뭣을 꾸물거리고 있어?"

보초는 우물쭈물하고 있었고, 나는 마차에서 뛰어내려 그의 뺨을 한대 갈기고는(미안한 일을 했다) 차단대를 거둬 치웠다. 그 사내는 어리둥절해서 나를 쳐다보고 있었다. 나는 다시 마차를 집어타고 지주 저택으로 급히 달리라고 명령했다.

곡물 창고는 저택 안에 있었다. 닫혀진 문 앞에는 역시 두 명의 남자가 몽둥이를 들고 서 있었다. 마차는 그들 바로 앞에 가 정지했다. 나는 마차에서 뛰어내리자 정면으로 그들에게 덤벼들었다.

"문을 열어라!"

나는 그들에게 말했다. 아마도 나의 얼굴 표정이 무서웠으리라. 어쨌든 두 사람은 몽둥이를 내던져 버리고 도망쳐 버렸다. 나는 자물쇠를 열어 보려고도 해보고, 문을 부숴 버리려고도 해보았으나 문은 참나무 판자였고 지 물쇠는 크고 튼튼했다. 바로 이때, 하인 방에서 키가 큰 젊은 남자가 나오더니 몹시 거만한 태도로 어째서 소란을 피우느냐고 내게 소리쳤다,

"마을 서긴가 뭔가 하는 안드류슈카는 어디 있어?"

나는 그에게 버럭 소리를 질렀다.

"그놈을 내게로 불러 와."

"내가 안드레이 아파나세비치야. 네가 말하는 것처럼, 안드류슈카가 아니야—안드류슈카는 안드레이의 애칭. 푸가초프에 의해서 해방되어 마을 서기로 임명되었기 때문에 그렇게 부르는 것을 반발함—."

그는 두손을 허리에 얹으면서 몸을 뒤로 젖히고 대답했다.

"왜 날 찾는 거지?"

대답 대신에 나는 그의 목덜미를 움켜잡고는 곡물 창고의 문으로 끌고 가서 문을 열라고 명령했다. 마을 서기는 끝까지 고집을 부렸으나, 아버지와 같은 자애심의 체형(體刑)—지주가 농노에게 가하는 체형—은 그에게 효과가 있었다. 그는 열쇠를 끄집어 내어 창고 문을 열었다. 문턱을 뛰어 넘어 안으로 달려들어가자, 천장에 뚫어 놓은 조그마한 구멍으로 새어들어온 희미한 햇빛이 비추고 있는 어두운 구석에 아버지와 어머니가 있는 것이 보였다. 두 손이 묶이고 발에는 족쇄가 채워져 있었다. 나는 달려들어 두 분을 끌어 안았으나 한 마디도 말을 할 수 없었다. 두 분은 깜짝 놀라 나를 바라보고만 계셨다. 3년 간의 군대생활이 내 모습을 완전히 바꾸어 놓았기 때문에 두 분이 나를 알아보지 못했던 것이다.

어머니는 아아, 하고 한숨을 쉬자마자 눈물에 젖어 버렸다. 갑자기 나는 귀에 익은 다정한 목소리를 들었다.

"표트르 안드레비치! 당신이 오셨군요!"

나는 그 자리에 우뚝 서고 말았다……. 뒤돌아 보니 반대쪽 구석에 마리아 이바노브나가 역시 묶여 있었다.

아버지는 믿을 수 없다는 듯이 나를 가만히 바라보고 있었다. 기쁨의 빛이 얼굴에 빛나고 있었다. 나는 급히 장검을 뽑아 밧줄을 끊었다.

"잘 있었느냐? 잘 있었느냐? 페트루샤!"

아버지는 나를 힘껏 포옹하면서 말했다.

"잘 돌아왔어! 건강하냐?"

나는 가족들을 데리고 밖으로 나오려 했다. 그러나 문이 다시 굳게 닫혀 있었다.

"안드류슈카."

나는 소리쳤다.

"문을 열어라!"

"열어 줄 수 없다!"

문 밖에서 마을 서기가 대답하고 있었다.

"너도 거기 있거라. 소란을 피우고, 폐하의 관리의 목덜미를 잡아 끌고 간 보답으로 따끔한 맛을 곧 보여 줄 테니!"

나는 어떻게든 빠져나갈 방법은 없나 하고 창고를 조사하기 시작했다.

"그리 안달을 하지 마라."

아버지가 내게 말했다.

"나는 도적이 도망해 나가는 그 따위 구멍으로 내 곡물 창고에 출입하는 주인은 아냐."

어머니는 아주 잠깐 동안 내가 나타난 것을 기뻐했을 뿐, 나까지 한 가족의 파멸과 운명을 함께 하지 않으면 안 되는 것을 보고 절망에 빠지고 말았다. 그러나 나는 부모와 마리아 이바노브나와 함께 있게 되고부터는 마음에 안정을 찾게 되었다. 나는 상검과 두 자루의 권총을 소지하고 있었으므로 얼마동안 포위를 견딜 수가 있을 것이다. 그리뇨프는 저녁 때까지는 나를 구출할 것이다. 나는 이런 사실을 부모에게 말하고 어머니를 안심시켰다. 두 분 모두 재회의 기쁨에 마음껏 젖어들었다.

"표트르."

하고 아버지는 내게 말했다.

"네가 악당들과 못된 짓을 하고 돌아다닌다기에 난 몹시 화가 났었다. 하지만 옛 얘기를 해본들 무슨 소용이 있겠니? 지금은 너도 품행을 바로잡고 개심(改心)해 줄 시기라 생각한다. 네가 명예스런 장교에 적합한 근무를 했다는 것은 알고 있다. 고맙다. 이 늙은이를 기쁘게 해 주었다. 이제 네가 나를 구출해 주면 내 생활은 갑절이나 즐거운 것이 될 것야."

나는 눈물을 흘리면서 아버지 손에 입을 맞추고 마리아 이바노브나를 바라보았다. 그녀는 내가 있는 것을 몹시 기뻐하여 매우 행복스러운 것 같이 보였으며, 마음도 안정된 것 같았다.

한낮이 되자 소음과 고함소리가 들려 왔다.

"저건 무슨 소리야?"

아버지가 물었다.

"네가 말했던 대령(초판에서는 소령)이 벌써 온 게 아닌가?"

"그럴 리가 없습니다."

소음은 점점 커졌다. 경종이 울렸다. 저택 마당에 말을 탄 사람들이 이리저리 달리고 있었다. 이때 벽에 뚫려 있는 조그마한 틈새로 사베리치가 백발이 된 머리를 들이밀었다. 그리고는 그 불쌍한 노인의 비통한 목소리기 들려 왔다.

"안드레 페트로비치, 아브도챠 바시리에브나, 표트르 안드레비치 도련님, 마리아 이바노브나 아가씨, 큰일났습니다! 악당들이 마을로 들어왔습니다. 그리고 표트르 안드레비치, 그들을 인솔하고 온 놈이 누군지 아십니까? 슈바브린입니다. 저 알렉세이 이바느이치입니다. 망할 놈의 자식, 죽어 버렸으면 좋았을 텐데!'

이 저주스런 이름을 듣자 마리아 이바노브나는 두 손을 꼭 모으더니 그 자리에 우뚝 서서 꼼짝하지 않았다.

"내 말을 잘 들어."

나는 사베리치에게 말했다.

"누구든지 말을 태워 나루터로 보내라. 그래서 대령(소령)에게 우리가 위급하다는 것을 알려라."

"하지만 누굴 보냅니까, 나으리? 놈들은 모조리 반란을 일으켰고, 말도 전부 빼앗겼습니다! 아아! 벌써 저택으로 왔습니다. 창고로 오고 있습니다."

이때, 문 밖에서 몇 사람의 말소리가 들렸다. 나는 어머니와 마리아 이바노브나에게 구석 쪽으로 멀리 떨어져 있으라고 눈짓을 하고는 장검을 뽑아들고 문 옆에 바싹 몸을 붙였다. 아버지는 권총을 두 자루 손에 쥐고 격침을 뒤로 젖히고는 내 옆에 섰다. 자물쇠가 덜커덩 소리를 내고 열리더니 마을 서기가 된 사내가 맨 먼저 머리를 내밀고 들어왔다. 나는 그 머리를 향해서 장검을 휘둘러 한 칼에 내리쳤다. 그는 문간에 가로 쓰러졌다. 바로 이때, 아버지는 입구를 향해서 권총을 발사했다. 우리들을 포위하고 있던 군중들은 욕을 하고 고함을 지르면서 뒤로 도망쳤다. 나는 부상당한 사내를 문턱에서 밀어붙이고 안에서 문고리를 걸어 문을 닫았다. 무장을 한 악당들이 저택 안에 가득했다. 그 속에 슈마브린이 있는 것을 알았다.

"무서워할 것 없습니다."

나는 여자들을 안심시켰다.

"희망은 있습니다. 그리고 아버지, 이제 쏘지 마세요. 마지막 탄환입니다. 소중히 하세요."

어머니는 잠자코 기도를 드리고 있었다. 마리아 이바노브나는 어머니 옆에 서서 천사와 같은 평온한 표정으로 우리들의 운명이 결정되는 것을 기다리고 있었다. 문 밖에서는 위협과 욕지거리로 저주하는 말이 뒤섞여서 들려 왔다. 나는 다시 문 옆에 붙어서서 무턱대고 맨 먼저 뛰어드는 놈을 내리치려고 단단히 자세를 잡았다. 갑자기 악당들은 조용해졌다. 슈바브린이 내 이름을 부르는 소리가 들렸다.

"나는 여기 있다. 무슨 용건이냐?"

"항복하라, 브라닌(초판에서는 그리뇨프로 되어 있음). 항거해 봤자 소용없다. 노인을 딱하게 생각하라. 고집을 부리면 목숨이 달아날 줄 알라. 그냥 두진 않겠다!"

"마음대로 해 봐라, 이 역적놈아!"

"나는 쓸데없는 짓은 하지 않을 작정이다. 우리 편도 헛되게 죽이고 싶지 않다. 창고에다 불을 지르기로 했다. 그래서 네놈이 어떻게 하는가를 보아 주겠어. 벨로고르스크의 돈키호테 군(君), 지금은 점심 시간이다. 시간을 줄 테니 그 사이에 잘 생각해 둬. 그럼 잘 있게. 마리아 이바노브나, 당신에게 미안하다는 생각은 없어. 당신은 아마도 당신의 기사와 어둠 속에 함께 있으면 쓸쓸하지는 않을 겁니다."

슈바브린은 창고 앞에 보초를 남겨 놓고 떠났다. 우리들은 서로 침묵을 지키고 있었다. 우리들은 제각기 마음속으로 생각할 뿐 그 생각을 다른 사람에게 알리려고 하지 않았다. 슈바브린이 화를 내서, 할지도 모르는 일을 나는 이것저것 상상하고 있었다. 내 몸에 관해서는 조금도 신경을 쓰지 않았다. 정직하게 말하면 부모의 운명도 마리아 이바노브나의 숙명만큼은 나를 무섭게 만들지 않았다. 어머니는 농부들과 저택 안에 사는 사람들에게 존경을 받고 있으며, 아버지도 엄하긴 했으나 역시 사랑을 받고 있다는 것을 나는 알고 있었다. 아버지는 공평한 사람이었으며 그를 모시고 있는 사람들이 정말로 고생하고 있다는 것을 알아주었기 때문에 사랑받고 있었던 것이다.

그들의 폭동은 일시적인 착각이고 흥분이며, 그들의 분노가 밖으로 표현된 것은 아니다. 그래서 부모는 용서받을지도 모른다고 생각되었다. 그러나 마리아 이바노브나는 어떻게 될 것인가? 저 음탕하고 파렴치한 놈이 그녀에게 무슨 짓을 하려고 하는 것일까? 나는 이 무서운 생각을 더 이상 계속하고 있을 수 없었으므로, 또 다시 그녀가 잔혹한 적의 수중에 넘어가는 것을 보느니 차라리 내 손으로(신이여, 용서하소서) 죽이리라 각오했다.

다시 한 시간쯤 지났다. 마을 쪽에서 주정꾼들의 노랫소리가 들려 왔다. 우리를 향해 화를 내면서, 욕을 하기도 하고, 우리를 고문하겠다느니, 죽이겠다느니 하고 위협했다. 우리는 슈바브린의 위협적인 순간이 찾아오기를 기다리고 있었다.

마침내 저택 안이 시끌시끌하더니 다시 슈바브린의 목소리가 들렸다.

"어때, 잘 생각해 봤나? 자진해서 나한테 항복하겠나?"

아무도 대답하지 않았다. 잠시 기다려 보더니 슈바브린은 짚을 가져오라고 명령했다. 몇 분 후에 불꽃이 확 타오르면서 어두운 곡물창고를 환하게 비췄다. 그리고는 연기가 문턱 밑의 틈새로부터 스며들기 시작했다. 그러자 마리아 이바노브나가 내 옆으로 와서 살며시 내 손을 쥐고 말했다.

"이제 됐어요, 표트르 안드레비치! 저 때문에 당신과 부모님을 희생시킬 수 없어요. 저를 밖으로 내보내 주세요. 슈바브린도 내 말이라면 들어줄 거예요."

"쓸데없는 소리 말아요."

나는 화를 버럭 내면서 외쳤다.

"당신이 무슨 일을 당하는지 알고 있나요?"

"수치스런 일을 당하면 죽어 버리겠어요."

그녀는 침착하게 말했다. 하지만 나를 구해 주신 당신과, 나 같은 불쌍한 고아를 이렇게 친절히 보살펴 주셨던 가족을 구할 수 있을지도 몰라요. 잘 있어요, 안드레이 표트르비치, 아브도챠 바시리에브나. 두 분께서는 저에게 은인 이상의 분이셨습니다. 그럼 저를 축복해 주세요. 저를 용서하세요. 표트르 안드레비치. 이것만은 믿어 주세요, 저……, 저……."

이렇게 말하면서 그녀는 울음을 터뜨리고 두 손으로 얼굴을 가렸다. 나는 미칠 것만 같았다. 어머니는 흐느끼고 있었다.

"쓸데없는 얘기는 그만 하거라, 마리아 이바노브나."

아버지는 말했다.

"누가 강도 따위한테 너를 혼자 내보내겠느냐! 잠자코 여기 있어라. 죽으면 다 함께 죽는 거야. 저놈들이 또 뭐라고 지껄이는구나, 들어 보자."

"항복하지 않겠느냐?"

슈바브린은 소리쳤다.

"보라! 5분도 안 돼서 모두 타 죽을 거다."

"항복하지 않겠다, 이 악당들!'

아버지가 단호하게 대답했다. 아버지의 얼굴은 주름이 많았으나 깜짝 놀랄 만큼 기운이 넘치고 있었으며, 눈은 하얀 털이 섞인 눈썹 아래서 광채를 내고 있었다. 그리고 나를 향해서, "자, 이때다."

하고 말했다.

그는 문을 열었다. 불꽃이 확 밀어닥쳐 마른 이끼로 틈새를 막은 통나무를 핥으면서 타올랐다. 아버지는 권총을 발사하더니,

"모두 내 뒤를 따르라."

하고 외치면서 타오르는 문턱을 뛰어넘었다. 나는 어머니와 마리아 이바노브나의 손을 잡고 잽싸게 밖으로 데리고 나왔다. 문턱 앞에 아버지의 여윈 손으로 쏜 총알에 명중된 슈바브린이 쓰러져 있었다. 강도의 무리는 뜻하지 않은 우리의 습격에 놀라 도망쳤으나, 곧 기세를 되찾아서 우리를 포위하기 시작했다. 나는 다시 몇 놈을 내리쳤지만, 그들이 던진 벽돌이 내 가슴에 정면으로 맞았다. 나는 그 자리에 쓰러지면서 정신을 잃었다.

정신을 차리자 피에 물든 잔디 위에 슈바브린이 앉아 있는 것이 보였다. 그리고 그 앞에 우리 가족이 모두 있었다. 나는 양쪽 팔이 눌려 있었다. 농부, 카자흐, 바쉬키르인(人)의 한 무리가 우리를 에워싸고 있었다. 슈바브린의 얼굴은 몹시 창백해져 있었다. 한 쪽 손으로 그는 부상당한 옆구리를 누르고 있었다. 그의 얼굴에는 고통과 증오의 빛이 나타나 있었다. 그는 천천히 머리를 들고 나를 보더니 매우 약하고 흐릿한 목소리로 말했다.

"그놈을 매달아……, 모두……. 그 여자만 빼놓고……."

군중은 즉시 우리를 둘러싸고 고함을 지르면서 대문 쪽으로 끌고 갔다. 그러나 갑자기 군중은 우리를 팽개치고 산산이 흩어져 도망쳤다. 마침 대문 안으로 그리뇨프가 칼을 빼어든 기병 중대 전원을 이끌고 밀어닥친 것이다.

폭도들은 사방팔방으로 흩어져 도망갔다. 기병들은 그들을 뒤쫓아가서 베어 버리기도 하고 포로로 붙잡기도 했다. 그리뇨프는 말에서 내려 아버지와 어머니께 인사를 하고 내 손을 꼭 쥐었다.

"하마터면 큰일날 뻔했어."

그는 내게 말했다.

"아! 자네 신부감도 있군."

마리아 이바노브나는 귀밑까지 빨개졌다. 아버지는 감동은 하고 있었으나 그의 옆으로 가서 매우 침착하게 감사하다는 말을 했다. 어머니는 그를 구원의 천사라고 부르면서 포옹했다.

"어서 우리 집으로 갑시다."

아버지는 그에게 말하면서 그를 집으로 안내했다.

슈바브린의 옆을 지나치면서 그리뇨프는 발길을 멈췄다.

"이자는 누굽니까?"

그는 이 부상자를 바라보며 물었다.

"이 자가 바로 일당의 수령이고, 우두머립니다."

나의 아버지는 노(老)군인 특유의 자랑스런 태도로 대답했다.

"하느님의 도움으로 이 쇠약해진 내 손으로 젊은 악당에게 벌을 주고, 내 아들이 흘린 피에 대한 복수를 할 수 있었지."

"이 자가 슈바브린입니다."

나는 그리뇨프에게 말했다.

"슈바브린이라고! 그것 매우 잘됐군. 모두 이놈을 데려가! 그리고 군의
관에게 말해서 이놈의 상처를 치료해 주고 잘 감시를 해 줘. 슈바브린은
무슨 일이 있더라도 카잔의 비밀 위원회에 출두시켜야 하니까. 이 놈은
죄인의 우두머리 중 한 사람이니까 그 자의 진술은 중요한 거야."

슈바브린은 몹시 지친 듯이 눈을 떴다. 그의 표정에는 육체적인 고통
외에는 아무것도 나타나 있지 않았다. 기병들이 그를 들것에 뉘어서 운
반해 갔다.

우리들은 집 안으로 들어갔다. 나는 어린시절을 회상하면서 가슴이 울
렁거려 주위를 돌아보았다. 집 안은 아무런 변화도 없고 모든 것이 옛날
그대로 자리를 지키고 있었다. 슈바브린도 완전히 인간이 비열해지긴 했
으나 치사스런 탐욕을 싫어하는 마음은 잃지 않았던지, 가재도구의 약탈
은 허락하지 않았던 것이다.

하인들이 대기실에서 나왔다. 그들은 폭동에 가담하지 않았으므로 마
음으로부터 우리들이 구출된 것을 기뻐하고 있었다. 사베리치는 우쭐대
고 있었다. 그 얘기란 이런 것이었다.

강도들의 습격으로 한창 소란스러울 때, 마구간으로 달려가서 거기 있
던 슈바브린의 말에 안장을 얹고 살짝 끌어내어 남의 눈에 띄지 않게 나
루터로 달려갔던 것이다. 그는 볼가 강의 반대쪽에서 휴식을 취하고 있
던 연대와 마주쳤다. 그리뇨프는 사베리치로부터 우리의 위급함을 전해
듣고 즉각 출동을 명령했고,

"구보로 진격!"

하고 명령을 내렸다. 그렇게 하여, 전속력으로 달려와서 다행히도 위급한 순간에 도착했던 것이다.

기병들은 추격에서 몇 사람의 포로를 붙잡아 왔다. 포로들은 우리가 그 기념해야 할 포위를 끝까지 견디었던 곡물 창고에 갇혔다.

그리뇨프는 마을 서기의 목을 몇 시간 주막 옆의 장대에 매달아 놓으라고 명령했다.

우리들은 각자 자기 방으로 돌아왔다. 노인들은 휴식이 필요했던 것이다. 간밤에도 한 잠도 자지 못했던 나는 침대에 눕자 이내 깊은 잠에 곯아떨어졌다. 그리뇨프는 부대에 지시를 내리러 갔다.

그날 밤, 우리들은 응접실의 사모바르 둘레에 모여 지나간 위급했던 일을 서로 즐겁게 얘기했다. 마리아 이바노브나는 차 시중을 들었다. 나는 그녀 옆에 앉아 그녀에게만 마음을 빼앗기고 있었다. 부모님은 우리들 두 사람의 화목한 사이를 흡족하게 바라보고 있었다. 지금도 이날 밤의 일은 내 기억 속에 살아 숨쉬고 있다.

나는 행복했다. 정말로 행복했다. 인간의 가련한 생애에 이와 같은 순간이 과연 몇 번이나 있겠는가?

이튿날 농부들이 저택의 현관 앞에 사죄하러 왔다고 아버지에게 연락이 왔다. 아버지는 현관의 층계로 나갔다. 그의 모습이 보이자 농부들은 무릎을 꿇었다.

"자, 어째서 그런 짓을 했느냐. 이 바보 같은 놈들!"

이비지는 농부들에게 말했다.

"어찌해서 반란을 일으킬 생각을 했느냔 말이다?"

"잘못했습니다, 나으리."

그들은 입을 모아 대답했다.

"그렇지, 잘못했어! 나쁜 짓을 저질러 놓고 너희들도 기쁘지는 않겠지! 하느님이 주선하셔서, 아들인 표트르 안드레비치를 만나게 된 기쁨 때문에 너희들을 용서해 주겠다."

"잘못했습니다! 정말로 미안하게 됐습니다."

"자, 이젠 됐어. 잘못을 깨달은 목에는 칼도 들어가지 않는다는 말이 있으니까. 하느님이 좋은 날씨를 내려 주셨다. 건초를 베기에 알맞은 계절인데. 그런데도 너희 바보같은 놈들은 꼬박 사흘 동안이나 무엇을 했단 말이냐? 이장! 한 사람도 빠짐없이 지금 당장 풀베기에 내보내게. 정신 차려, 빨간 턱의 악당—농노(農奴)제도하에서는 지주가 가부장적인 태도로 농부를 별명으로 부르곤 했음—아! 성 일리야제(구력 7월 20일)까지는 우리 집 모든 건초를 쌓아 올리도록 해라. 자, 이제 돌아들 가라."

농부들은 고맙다는 말을 하고 아무 일도 없었다는 표정으로 지주를 위해 일을 하러 갔다.

슈바브린의 상처는 생명에는 지장이 없는 것이었다. 그는 카잔으로 호송됐다. 나는 그가 마차에 오르는 것을 창문을 통해서 보고 있었다. 우리들의 시선이 마주치자 그는 얼굴을 숙였고, 나는 창문에서 급히 물러섰다. 나는 적의 불행과 굴욕에 승자로서의 뽐내는 것 같은 태도를 보이고 싶지 않았기 때문이다.

그리뇨프는 다시 전진하지 않으면 안 되었다. 며칠 더 가족들과 함께 있고 싶었으나, 나는 그를 따라가기로 결정했다. 출발하기 전날 밤, 나는 부모 앞에 가서, 당시의 관습에 따라 부모의 발 아래 엎드려서 마리아 이바노브나와의 결혼을 축복해 주시도록 빌었다. 늙으신 부모는 나를 안아 일으켜 기쁜 눈물을 흘리면서 동의해 주었다. 나는 창백한 얼굴로 떨고 있는 마리아 이바노브나를 부모에게 데리고 갔다. 부모님은 우리를 축복해 주었다.

내가 그때 무엇을 느꼈는지 여기에 쓰지 않겠다. 나 같은 입장에 섰던 사람이라면, 쓰지 않더라도 내 기분을 알 수 있으리라. 그런 입장에 서 보지 못했던 사람에게 내가 할 수 있는 일은, 애석하다고 생각함과 동시에 때가 지나기 전에 사랑을 해서 부모의 축복을 받도록 충고하는 것 뿐이다.

이튿날 연대는 집합했다. 그리뇨프는 우리 가족에게 작별의 인사를 했다. 우리들은 모두 군사적인 행동이 머지않아 끝나리라고 믿고 있었다. 나는 한 달 후에는 결혼할 수 있으리라 기대하고 있었다. 마리아 이바노브나는 헤어질 때, 모두가 보는 앞에서 내게 키스를 했다. 나는 말을 탔다. 사베리치가 또 나를 따라나섰다. 이리하여 연대는 출발했다.

또 다시 떠나게 된 나는 마을쪽 우리 집을 오랫동안 바라보고 있었다. 불길한 예감이 내 가슴을 소란케 만들고 있었다. 내 귀에 아직 당신의 불행은 전부 사라진 것은 아니라고 누군가가 속삭이고 있었다. 내 마음은 새로운 폭풍우를 예감하고 있었던 것이다.

우리들의 행군과 푸가초프 전쟁의 종결에 대해서는 상세하게 기술하지 않겠다. 우리들은 푸가초프에게 짓밟힌 마을들을 지나가면서, 가난한 주민들로부터 강도들이 겨우 남기고 간 물자를 본의 아니게도 징발했던 것이다.

주민들은 누구에게 복종해야 할지 몰랐다. 행정은 가는 곳마다 정지된 상태였다. 지주들은 숲속에 몸을 숨기고 있었다. 강도들의 한 패가 도처에서 못된 짓을 하고 있었다. 그 당시 이미 푸가초프는 아스트라한을 향해서 도주중이었는데, 그를 추격하기 위해 파견된 각 부대장들은 제멋대로 죄가 있는 사람이나 없는 사람을 처형하고 있었다.

전쟁의 불길이 휩쓸고 지나간 지방 일대의 상태는 처참하기 짝이 없었다.

신이여, 바라옵건대, 이 러시아의 부조리하고 무자비한 폭동을 두 번 다시 보여주지 마시옵기를. 불가능한 대혁명을 우리 나라에서 시도하는 사람들은 나이가 젊고, 우리 국민을 모르는 패거리든지, 혹은 남의 목숨은 4분의 1 코페이까, 자기 목은 1코페이까 쯤으로 생각하는 잔인한 자들뿐이다.

푸가초프는 이반 이바느이치 미헬리손의 추격을 받으면서 도주하고 있었다. 얼마 후 우리들은 그가 완전히 패망했다는 것을 알았다. 마침내 그리뇨프가 상관인 장군으로부터 자칭 황제의 체포 소식과, 그와 동시에 정전(停戰)의 명령을 받았던 것이다. 드디어 나는 부모가 있는 곳으로 갈 수 있게 된 것이다. 나는 뛸듯이 기뻤다. 그러나 기묘한 감정이 나의 기쁨을 어둡게 하고 있었다.

작가의 생애와 작품 해설

뿌쉬낀의 생애와 그의 작품 세계

리얼리즘 문학의 대가인 뿌쉬낀은 1799년에 모스크바에서 명문 중류 귀족인 퇴역 육군 소령인 아버지와 유명한 에티오피아인 한니발 장군의 손녀였던 어머니 사이에서 장남으로 태어났다. 그는 유년시절을 러시아 낭만주의 시인들의 영향 아래에서 보낸다. 12세 때 근교의 학습원에 입학하고, 6년 간 이 학교를 다니면서 시작에 열중하게 된다. 또한 외국 사상을 가까이 접했는데, 특히 볼테르에 심취한다. 문학에 대한 그의 이러한 열정은 전문학교 재학시절인 14세 때 「친구인 시인에게」를 처음으로 발표하는 계기를 마련해 준다. 학교를 졸업하고 페테르부르크의 외무성에 근무하게 된 뿌쉬낀은 혁명적인 사상가인 차다예프와 교류하게 됨으로써 농노제 타도의 정치사상은 더욱 확고해지게 된다. 이 시기에 그는 그의 최초의 서사시인 「루슬란과 류드밀라」를 완성한다. 하지만 그는 「차다예프에게」, 「농촌」 등의 작품에서 보수적인 의고전취미에 대해 맹렬히 공격하는 성향을 보여서 1820년에 러시아 남부지방인 예카테리노슬라프로 추방된다. 그곳에서 그는 서사시 「카프카즈의 포로」, 「바흐치사라이의 샘」을 비롯하여 로맨티시즘의 특성을 지닌 작품을 남긴다. 이때부터 쓰기 시작한 「집시」를 다음해인 1822년에 10월에 완성한다. 하지만 그해 7월 모스크바의 친구에게 쓴 편지에서 무신론에 공조하고 있음을 보여준 것이 탄로나 또다시 추방당하여 근신 명령을 받는다.

그러나 그의 고독한 유폐생활은 오히려 그에게 예술적 성장을 가져다 주어 민중의 생활 등에 대한 깊은 통찰의 기회를 제공한다. 그리하여 셰익스피어의 영향 아래 비극 「보리스 고두노프」와 풍자적인 서사시 「누손 백작」을 완성하게 된다.

1827년에는 「아리온」과 「시베리아로」에서 개혁운동을 하는 자신의 친구들을 칭송하고 1828년 「안챠르」에서는 전제군주를 공격하며, 역사시 「폴타바〉를 완성한다. 1829년 봄에 그는 나탈리야 곤챠로바와 약혼하고 그 이듬해에 결혼을 한다. 1829년 가을에 아버지에게서 물려받은 소유지를 찾아갔을 때 그곳에서 3개월 정도 머물렀었는데, 그는 이때 주옥 같은 작품을 남긴다. 「벨킨의 이야기」, 「콜롬나의 오막살이」, 「인색한 기사」, 「모차르트와 살리에리」, 「돌의 손님」, 「질병 때의 주연」 등을 썼으며, 7년이나 걸린 「에브게니 오네긴」도 완성한다.

1830년에 아내와 함께 페테르부르크로 옮겨 외무성 근무를 다시 시작하게 된다. 이후 사망하기 전까지 그는 서사시 「청동의 기사」 외에 산문소설인 『두브로프스키』, 『스페이드의 여왕』, 『대위의 딸』 등을 완성한다. 하지만 그는 38세인 1837년에 아내를 짝사랑하는 프랑스 망명귀족 단테스와의 결투에서 부상당해 그의 생을 마감하게 된다.

그는 짧은 생을 살았지만, 시인으로서, 소설가로서 한치의 미흡함이 없는 작품들을 남겼다. 그의 작품에는 러시아의 현실이 비교적 정확하게 형상화되었으며, 이러한 그의 리얼리티는 이후의 작가들에도 지대한 영향을 미치게 된다. 그는 현실에 대한 통찰력이 뛰어났지만 개인적인 사랑의 서정시에서도 뛰어난 기량을 발휘하였다. 그가 죽은 지 100년이 지난 오늘날에도 러시아인의 사랑을 받는 비결은 예술가로서 지녀야 할 열정과 그 열정이 반영된 그의 작품들 때문일 것이다.

「대위의 딸」 줄거리와 작품 해설

태어나기 전부터 근위상사로 등록되어 있던 표트르 안드레비치 그리뇨프는 17세가 되던 해 중령으로 퇴역한 아버지의 의사대로 국경을 경비하는 벨로고르스크 요새에 소위보로 부임한다. 그곳을 찾아가던 그들 일행은 심한 눈보라를 만나 길을 잃고 헤매다가 어떤 농부의 도움을 받게 되는데, 이 농부가 후에 역사에 이름을 남긴 탈주병이자 대반란의 수령인 예멜리얀 푸가초프이다. 그의 도움에 고마워한 표드르 안드레이치 그리뇨프는 푸가초프에게 토끼 가죽옷을 감사의 뜻으로 준다.

드디어 요새에 도착한 표드르 안드레이치 그리뇨프는 사령관의 딸 마샤와 사랑하는 사이가 되고, 마샤에게 거역당한 슈바브린은 그런 그들을 조롱한다. 그리하여 표드르 안드레이치 그리뇨프는 슈바브린과 결투를 하게 되는데, 그 과정에서 표드르 안드레이치 그리뇨프는 상처를 입게 된다. 그를 간호하는 동안 마샤는 서로의 사랑을 확인하게 된다.

이때 푸가초프의 반란이 일어나서 요새들은 공략당하고, 표드르 안드레이치 그리뇨프가 있는 요새 역시 공략당하게 된다. 하지만 표드르 안드레이치 그리뇨프는 과거에 푸가초프에게 주었던 토끼 가죽옷 때문에 목숨을 구하고 그곳을 떠난다.

요새의 모든 사람들이 죽어 가는 동안에 쉬바브린은 푸가초프에게 충성을 맹세하고 구혼을 거절한 마샤에게 결혼을 강요한다. 이 소식을 들은 표드르 안드레이치 그리뇨프는 노복 사베리치와 단둘이서 마샤를 구하러 떠난다. 그 과정에서 푸가초프의 도움을 받아 마샤를 구해 자신의 부모 곁으로 보내게 된다.

시간이 지남에 따라 반란군들이 진압되지만 체포당한 쉬바브린의 허위 증언으로 표드르 안드레이치 그리뇨프는 시베리아 벽지로 종신 유배형에 처하는 판결을 받는다. 하지만 표드르 안드레이치 그리뇨프의 약혼자의 활약으로 표드르 안드레이치 그리뇨프는 누명을 벗고 축복 속에서 결혼을 하면서 이 작품은 끝을 맺는다.

이 작품의 무대는 예카테리나 2세 시대의 러시아를 배경으로 하고 있다. 등장인물들을 선과 악으로 대비시켜서 역동적인 내용을 산출하고 있는 이 작품은, 푸가초프에 초점을 맞춤으로써 기구한 운명을 지닌 푸가초프의 의미를 드러내고 있다. 푸가초프의 반란사에서 생겨 난 이 작품은 귀족이면서 민중의 입장을 이해할 수 있는 새 시대의 청년 표드르 안드레이치 그리뇨프와 개인의 이해에 따라 쉽게 배신 행위를 하는 슈바브린, 그리고 이 둘 사이에 있는 푸가초프의 역동적인 설정으로 그 흥미를 배가시키고 있다. 이렇게 푸가초프의 반란을 이해하고자 하는 뿌쉬낀은 이 작품으로 그의 최후를 장식하게 된다. 그리고 이 작품은 역사소설과 가정소설이 잘 융합되어 풍속소설로도 전락하지 않은 19세기 러시아 리얼리즘 문학의 선구자의 역할을 갖는다는 점에서 그 의의는 더욱 크다고 할 수 있다.

작가 연보

1799년 　　　　모스크바에서 출생.

1811년 (12세) 페테르부르크 근교의 학습원에 입학.

1813년 (14세) 「친구인 시인에게」를 처음으로 발표.

1816년 (17세) 학습원 졸업과 동시에 외무성 근무를 시작함.

　　　　　　　송시 「자유」를 발표.

1817년 (18세) 「차디예프에게」 발표.

1818년 (19세) 「농촌」 발표.

1819년 (20세) 러시아 예카테리노슬라프로 추방.

　　　　　　　최초의 서사시 「루슬란과 류드밀라」 완성.

1821년 (22세) 「카프카즈의 포로」, 「도둑 형제」 완성.

1822년 (23세) 「바흐치사라이의 샘」 완성.

　　　　　　　「에브게니 오네긴」 집필 시작. 서사시 〈집시〉 집필 시작.

1823년 (24세) 서사시 「집시」 완성.

　　　　　　　어머니의 소유지인 미하일로프스코예로 추방됨.

1824년 (25세) 「보리스 고두노프」 풍자 서사시 「누손 백작」 완성.

　　　　　　　12월 수도 페테르부르크로 소환.

1826년 (27세) 「아리온」, 「시베리아로」 완성.

1827년 (28세) 역사시 「폴타바」 완성.

1829년 (30세) 나탈리야 곤챠로바와 약혼.

　　　　　　　「벨킨의 이야기」 「콜롬나의 오막살이」 「인색한 기사」,

「모차르트와 살리에리」, 「돌의 손님」, 「질병때의 주연」 완성.

7년 간에 걸쳐 쓴 「에브게니 오네긴」 완성.

1830년 (31세) 모스크바에서 결혼.

페테르부르크로 옮겨와 외무성에 다시 근무함.

1831년 (32세) 서사시 「청동의 기사」 완성.

1832년 (33세) 서정시 「가을」, 「다시 나는 찾아왔다」

산문소설 『두브로프스키』 완성.

1833년 (34세) 산문소설 『스페이드의 여왕』 완성.

1835년 (36세) 소설 『대위의 딸』 완성.

시 「나는 자신에게 기념비를 세웠다」 완성.

1837년 (38세) 프랑스 망명귀족 단테스와의 결투에서 부상으로 1월 29일 사망.